선우 명수필선 49

포인세티아

선우명수필선·49

포인세티아

1판 1쇄 발행　　2024년 7월 5일

지은이　　　김영애
발행인　　　이선우
펴낸곳　　　도서출판 선우미디어
　　　　　　등록 | 1997. 8. 7 제305-2014-000020호
　　　　　　130-100 서울시 동대문구 장한로12길 40, 101동 203호
　　　　　　☎ 2272-3351, 3352 팩스: 2272-5540
　　　　　　sunwoome@hanmail.net
　　　　　　Printed in Korea ⓒ 2024. 김영애

값 7,000원

ISBN 978-89-87771-09-0 (세트)
ISBN 978-89-5658-765-3 04810

선우 명 수필선 49

포인세티아

| 김영애 수필선 |

새롭고 싱그러운 창조를 꿈꾸며

끝없는 초록빛이었다. 마을 어귀에 떼지어 서 있는 자작나무와 포플러나무, 이름 모를 아름드리수목들이며 삐딱하게 금을 그어놓은 듯한 푸른 논과 밭들의 풍광은 싱그러운 초록빛 향연이었다. 외할머니의 따뜻한 손길 같았던 푸른 청산 그리고 연둣빛 보리밭들. 무지갯빛 꿈에 부풀었던 나는, 싱그러운 자연이 좋아 학창 시절 방학 때마다 외할머니 집을 찾았었다. 도시에 찌든 나의 혼을 초록빛 자연은 외할머니의 푸근한 가슴같이 어루만져주었다.

뉘엿뉘엿 붉게 물드는 저녁노을에 젖어 시오리 황톳길을 걷다 보면, 흙에서 올라오는 붉은 내음과 집집마다 굴뚝에서 저녁밥 짓는 하얀 연기가 가슴을 설레게 하기에 충분했다. 그런가 하면 '음—메' 하는 마구간의 낯익은 소 울음소리나, 둥지로 몰려드는 해 질 녘 새 무리의 소리 역시 내 혼을 한껏 달아오르게 만들었다.

방학 때마다 방문하여 마음껏 뛰어놀던 푸른 자연은 어찌면 내 영혼 깊은 곳에 숨겨진 아늑한 고향이었다고나 할까. 어찌 보면 그것은 지금 쓰는 나의 수필에 밑바탕이 되었던 것도 같다.

세상을 살아가려면 어떤 기술이라도 있어야 한다는 어머니의 간곡한 권유로 간호대에 입학은 하였지만, 영혼에 새겨진 글을 쓰고 싶은 본성은 어쩔 수 없었나 보다. 그 당시 나는 토머스 하디의 '테스'며 '귀향'이나 도스토옙스키의 '죄와 벌' 그리고 마거릿 미첼의 '바람과 함께 사라지다' 등 거의 모든 문학 소설을 탐독하며, 그것에 매료되어 문학적 소양을 키워나갔던 것 같다. 생각건대 내가 하고 싶었던 것은 서툴지만 나의 글을 쓰고 싶었던 욕망이 아니었을까. 이따금 알 수 없는 상상의 세계를 향한 신비로운 항해에 매료되어 새롭고 싱그러운 창조를 꿈꾸며 언어에 혼을 입혀가는 나를 발견하곤 한다.

이제 세월 속에서 조금씩 익어 간 나는 마음을 모아 영혼 끝에 맺힌 느낌을 표현할 수 있는 것에 대해 작은 행복감을 느낀다.

끝으로 채 숙성이 덜 된 나의 글들을 모아 예쁜 선수필집을 세상에 태어나게 해주신 선우미디어 출판사의 이선우 사장님께 심심한 감사를 표한다.

2024년 여름

미국 로스앤젤레스에서   김영애

차례

chapter 3 커피에 반하다

명상에서 얻은
자유

틈

여린 풀이 바람결에 하늘거린다. 한 줌 햇살도 발 디디기
힘든 좁은 시멘트 틈이다. 하지만 그곳은 풀이 자신을 드러낼
수 있는 유일한 공간이다. 틈은 좁지만 연한 풀에게는 온 세
상인 듯싶다. 촉촉한 비와 착한 바람이 지나는 그곳은 풀의
자궁 같은 곳인지도 모른다. 빌딩과 빌딩 사이는 틈으로 이어
졌다. 틈은 내 것과 네 것 사이의 경계이자 비움의 공간이다.
완벽한 법칙과 논리 끝의 빈 공간이어서인지, 세상 물결에서
뒤처진 영혼들이 잠시 쉬었다 가는 곳이기도 하다. 사람들은
세상 시선을 피해 담배를 피우기도 하고 걸터앉아 지친 영혼
을 추스르기도 한다.

틈은 쉼표다. 빡빡한 물질문명 사이를 흐르는 바람처럼,
틈은 숨 막힌 빌딩 숲 사이에서 메마른 영혼을 적셔주고 순간
의 여유를 찾게 하는 곳이다. 하늘 끝자락과 건물이 맞닿은
틈에는 욕망의 간판들이 줄을 잇는다. 그것은 갈증 난 인간의
온갖 욕구를 채워줄 듯 첨단 예술로 온몸을 장식하고 줄지어
선 환상의 표식들이다. 아트와 문화가 합작되어 만들어진 간
판들은 하늘과 건물의 틈새에서 인간 욕구에 길잡이를 하느

라 각기 다른 이름표들을 달고 서 있다.

그런가 하면 한쪽 공중의 틈새에서는 파격적인 동영상 자막이 질주하고 있다. 타박상을 입은 어제의 세상과 삐걱대는 오늘의 뉴스가 공중의 틈새를 타고 따끈따끈하게 세상에 전달된다. 거들떠보지 않던 하늘 한쪽의 틈새는 세상과 만남의 장이 되고 소통의 길로 열리는 것이다.

하루가 기울어 거대한 빌딩에 문명의 불빛이 사라지면, 빌딩의 틈은 세상을 등진 인간들의 삶의 터전으로 변신한다. 첨단 문명에 뒤진 지극히 동물적인 모습의 걸인들에게 하룻밤의 숙소로 바뀐다. 하루의 비즈니스가 끝나 누군가에게는 쓸모없는 공간이, 다른 누군가에는 간절한 삶의 터전이 되기도 하는 것이다.

동물 이하로 변신한 인간은 온갖 질서와 원칙으로 맞춰진 현대 문명을 조롱하는지도 모른다. 아니면 자본주의가 만든 부의 불공평 분배를 지적하고 있는지도 알 수 없다. 거창한 도시를 지배하는 철저한 논리와 질서이지만, 구멍 난 작은 틈으로 도시는 힘겹게 숨을 쉬고 그 좁은 틈 속에서 사람들은 나름대로의 삶을 표현하고 있다.

나는 틈에서 생겨났다. 말 없는 아버지와 말 많은 어머니의 틈새에서 태어났다. 남과 북이 격돌하는 6·25사변의 틈새에서, 육 남매의 틈서리에서 태어난 나. 부산 영도다리의 틈바구니에서 나왔다고 형제들 사이에서 놀림을 받았지만, 그 틈새에서 나는 용케도 살아남았다.

어쩌면 틈은 나의 근원이고 나를 둘러싼 세상인지도 모른다. 틈이 있기에 생겨났고 틈새 사이에서 숨을 쉬며 살고 있는 것도 같다. 나에게 틈은 누구도 침범할 수 없는 경계이자 때 묻지 않은 공간이며 새로운 영혼으로 끊임없이 변신할 수 있는 나만의 세계이다. 산골짜기에 수만 개 틈인 샘물이 만나 바다를 이루듯, 수많은 틈과 틈 사이에서 나의 삶은 창조되었고 진화되었다.

화산구는 화산 머리에 생긴 틈새이다. 그 틈에서는 대자연이 토하는 불의 심장인 마그마가 거대하게 뿜어진다. 화산의 틈새는 내부를 폭발적으로 분출시켜 압력을 중화시키는 중요한 분출구다. 마찬가지로 내 가슴속에 꿈틀대는 용암 덩어리도 입이라는 틈을 통해 매 순간 언어로 분출되는 듯싶다. 틈 서리인 입은 보이지 않는 뜨거운 내부를 유출시켜 끓어오르는 응어리들을 해결하는 중요한 분출구다.

그런가 하면 사람과 사람 사이, 마음과 마음 사이에도 틈이 있는 것 같다. 그것은 인격체 사이로 난 보이지 않는 길이다. 틈은 '벌어져 사이가 난 자리'이다. 큰 둑이 작은 틈새가 벌어져 무너지듯, 사람 사이도 사소한 틈의 오해와 갈등으로 좋은 관계가 무너질 수 있다. 사람 사이의 회복하기 힘든 틈은 상실과 갈등을 의미하기도 한다.

하지만 절친한 사람 사이의 틈은 넓을수록 좋은 듯싶다. 틈새가 클수록 관계가 싱그러워지는 것은, 틈은 인격체와의 경계 사이에 존재하는 여유이기 때문이다. 넉넉한 돌 틈 사이의 샘물이 더 활기차듯, 너와 나 사이에도 때로는 알아도 모르는 듯 넘어가는 여유가 존재하기 때문이다.

사랑하는 사이의 풍요로운 틈새에는 신선한 바람과 아름다운 꽃이 철 따라 피어날 것이다. 하지만 사랑이라는 이름으로 너와 나의 경계가 사라진다면 여유라는 틈은 질식해 버릴 것이다. 사람과 사람 사이의 관계는 틈에서 시작되어 틈으로 끝나는 것 같다.

생각해 보면 틈은 시간이기도 하다. 잠깐 남는 여유 시간이다. 틈새는 일과 일 사이로 가능성을 향해 에너지를 모으는 시간이다. 사람들은 틈을 통해 삶의 즐거움을 맛보며 때때로 그 의미를 찾는다. 찰나의 틈이지만 영원을 느낄 수만 있다면, 틈은 영원으로 통한다. 그러기에 틈의 길이는 찰나이기도 하고 무한대이기도 하다.

좁은 공간에서 온 세상으로 변하기도 하는 틈은, 공간과 시간과 영혼에까지 잠입하며 삶의 여기저기에서 그 실체를 드러냈다. 틈은 삶에 여유를 주는 원동력이며 휴식이며 활력이며 희망이다.

포인세티아

산뜻한 봄이다. 뒷마당의 빨간 포인세티아가 눈 부신 햇빛 아래 여왕처럼 반짝인다. 그 모습을 보니 그것도 기존 형식을 깨는 포스트모더니즘 추세를 따르려는지 제철인 겨울이 한참 지난 봄인데도 한창이다.

포인세티아는 새침한 여인 같다. 곧게 뻗은 몸매에 립스틱이라도 바른 듯 빨간 꽃잎이 매혹적이다. 화려한 빛으로 허밍버드를 유혹하려는 것일까. 안개처럼 퍼진 침묵 속에 붉디붉은 꽃잎이 도발적이기까지 하다.

자세히 보니 포인세티아는 꽃잎 변두리를 과감히 잘라 모난 각으로 끝을 마무리했다. 모난 돌이 정 맞는다고 했지만, 나름대로의 개성으로 그것 또한 독특한 한 삶의 얼굴 같다. 깎고 깎이어 둥글지 않으면 어떠한가. 둥근 돌은 구르나 모난 돌은 박힌다고 하여, 원만한 사람은 재물을 못 지켜도 모나고 야무진 사람은 재물을 지킨다 하지 않았던가. 아마도 포인세티아는 자기의 삶조차 그 끝을 단순하고 솔직한 직선으로 마무리하여, 세상에서 쓰임새 있게 남으려 자신의 일부를 모나게 잘라냈는지도 모른다.

어찌 보면 포인세티아의 잎들은 하이힐 끝같이 뾰족하다. 아마도 꽃은 자신을 돋보이게 하려고 잎끝을 오므려 하이힐을 신은 것처럼 한 것은 아닐까. 그리 보니 그것은 뼤뚤뼤뚤 걸어간 빨간 발자국 흔적을 가지마다 매달아 놓았다. 영혼을 꼿꼿이 세우고 흐트러지지 않아야 또박또박 걷게 되는 굽 높은 구두. 진 땅 마른 땅을 가려 하이힐을 신은 듯 포인세티아가 조심스레 내딛는 삶의 걸음걸이는 인생을 안전히 지켜줄 듯도 싶다.

우리가 꽃잎으로 알고 있는 포인세티아의 붉은 부분은 사실 꽃잎이 아니라 포엽이다. 포엽은 꽃을 보호하는 보호 잎이다. 실제의 꽃은 포엽 가운데에 있는 작은 돌기들이다. 돌기에는 암술, 수술을 품은 실제의 꽃이 초라하게 자리 잡고 있다. 포엽은 어미가 자식을 감싸듯 돌기 전부를 보듬어 안았다. 그리고 작고 초라한 꽃을 위해 자신의 몸을 발갛게 물들였다. 꽃의 꽃가루받이를 위해 벌새를 강한 빛으로 유혹하기 위해서다. 자식을 향한 어미의 본능같이, 진품 꽃의 빈약함을 가슴으로 품어준 따뜻한 모성이다. 그리 보면 포인세티아 가슴에는 이브의 원초적 모성이 소복이 담긴 것 같다.

하지만 포인세티아는 이율배반적이기도 하다. 까칠하게 찬 겨울에 꽃을 피우면서도 따뜻한 해를 좋아한다. 변덕스러운 여인의 마음같이 따뜻함을 사랑하지만 차가움을 즐긴다. 그것은 정반대의 것에 매료되는 난해한 여인의 마음을 닮았다.

포인세티아는 핏빛이다. 밖으로 드러난 얼굴이 핏빛인 것으로 보아 몸 안에는 붉은 정맥과 동맥 그리고 가는 모세혈관 같은 것들이 있는 게 분명하다. 그 속으로 붉은 피가 돌고 그 혈맥들 안에는 뜨거운 열정과 차가운 이성이 용해된 채 순환되고 있을 것 같다.

그러고 보면 열정의 포인세티아는 붉은 혈액 속의 찬 이성과 더운 정열들의 뜨거운 몸싸움 끝에 만들어졌는지도 모른다. 아니면 피같이 진실하고 강렬한 삶이기에, 그 색깔조차 진한 핏빛이 되었을 듯도 싶다. 그래서인가, 포인세티아는 꽃말조차 '제 마음은 불타오르고 있어요.' 혹은 '살아 있음이 행복' 또는 '축복'이라고 기록되어 있다.

포인세티아의 빨간 포엽은 자궁 모양처럼 길쭉하다. 따뜻한 계절 새순 부위의 줄기를 잘라 땅에 꽂으면 뿌리를 내리는 이유는 온 줄기가 자궁이기 때문이리라. 여인을 닮은 포인세티아에는 자신의 유전인자를 전달해 줄 자궁이 숨 쉬고 있나 보다. 역사는 생명이 탄생되는 자궁에서 시작되지 않았는가. 생각해 보면 포인세티아는 캘린더의 마지막 달에 피어 한 해의 끝을 장식하기도 하고, 새롭게 탄생되는 새 생명으로 인해 처음을 시사하기도 한다. 그러기에 포인세티아에는 시작과 마지막이 함께 공존한다.

자세히 들여다보면 포인세티아의 붉은 포엽들은 닭의 볏을 닮았다. 그래서일까 포인세티아 옆에 서면 붉은 볏의 닭들이 자신의 속내를 소리 내어 호소하는 것 같다. 숨겨진 약자들의 안타까운 사연이 담긴 닭의 울부짖음. 그것은 억울한 '미투의 고발'을 연상케 만든다. '갑'의 횡포에 힘없이 당하는 '을'의 성폭력과 성추행 같은 사연은 아닐까. 그래서인가, 포인세티아 곁에 있으면 혼탁한 세상을 고발하는 닭들의 울음소리가 마구 쏟아져 나오는 듯싶다. 새날이 올 것을 미리 알려주는 닭의 울음소리, 역사는 새벽닭의 울음소리로 시작되지 않았던가. 붉은 볏의 닭들이 바른말로 크게 소리 내면 세상은 새롭게 열리게 되는 것일까.

이브의 영혼이 살아 꿈틀대는 포인세티아는, 빨간 매니큐어와 현란한 립스틱 그리고 뾰족구두로 세상을 유혹한다. 하지만 그 안에는 생명이 탄생되는 자궁과 따뜻한 모성이 숨 쉬고 있다. 한없이 연약하지만 꺾을 수 없는 부드러움으로, 세상의 거친 바람 속을 당당하게 걸어가는 이브 포인세티아의 매력에 오늘 아침 흠뻑 빠진다.

골든 타임

금쪽같은 순간이다. 냉정한 초침과 분침은 한 치의 오차도 없이 수많은 찰나를 넘나들었다. 911구급대가 올 때까지 숨 가쁘게 흘러간 여덟 시간. 강물이 넘쳐 댐이 범람하듯 안타까운 구명 시간이 한계점을 넘어서자 이모의 뇌혈관은 결국 터져 버렸다. 이모는 의료진의 노력에도 불구하고 안타깝게 반신불수가 되었다.

얼마나 부지런한 이모였던가. 만석이나 되던 땅을 빈틈없이 갈무리하던 분이셨다. 꺼져가던 목숨을 겨우 이은 이모는 재활 치료를 시작했다. 한 발짝 내디딜 때마다 근육이 삐걱댔다. 거미줄같이 퍼진 전신의 신경세포에 경련이 일어나면서 쓰나미 같은 통증을 온몸에 퍼뜨리기 시작한다. 게다가 통증을 이겨내지 못한 몸은 식은땀으로 전신을 뒤덮으며 정신을 혼미하게 흔들어댄다. 과거의 골든 타임이 분초를 다툴 만큼 소중하였듯, 질통으로 가득 찬 현재의 골든 타임 역시 절대적이지 않은가.

골든 타임은 생사의 갈림길에 선 환자가 목숨을 구제받을 수 있는 최적의 황금 시간을 뜻한다. 한정된 시간 안에 적절한 의료조치를 받지 않으면 환자는 원상대로 회복하기가 힘들다. 심장마비 때는 사분에서 육분, 뇌졸중 발병환자의 경우 세 시간이다. 이모의 골든 타임은 하늘이 내려준 구원의 황금 줄 같이 회생할 수 있는 마지막 기회였다.

상처받기 쉬운 여인의 영혼 같은 아보카도를 보면서 골든 타임은 사람의 목숨에서뿐 아니라 과일에도 존재한다는 생각이 든다. 처음에는 마음을 닫아 온몸을 딱딱히 굳히는가 싶더니, 신선함의 골든 타임이 넘어가자 전신에 반점 같은 멍을 여기저기 남기다 영혼과 육신이 순식간에 무너져 버린다. 아보카도의 골든 타임은 며칠이었다.

그런가 하면 요리하는 데도 골든 타임은 적용되는 듯싶다. 며칠 전 저녁 식사 때였다. 접시 한쪽에 구운 생선을 놓고, 그 옆으로는 빠른 불에 살짝 데친 아삭한 초록빛 로메인 배추를 곁들일 생각이었다. 하지만 잠깐의 열기에도 불구하고, 상추는 시골 외삼촌이 끓이던 칙칙한 소죽같이 몸을 가누지 못한 채 흉측한 우거지로 변해버렸다. 격에 맞지 않은 우거지를 신선한 생선과 함께 먹다 보니, 그것을 조리할 때 팬에서 빨리 꺼내지 못한 것이 후회스러웠다. 눈 깜짝할 사이에 상추의 골든 타임이 흘러갈 줄이야 어찌 알았으랴.

골든 타임은 세상의 모든 일에 몸을 나툰다. 세상 사람들의 패션 감각을 들먹여 최적의 시간에 거리를 유행의 물결로 출렁거리게 하는 패션 디자이너에, 뜨거운 불의 골든 타임에 맞춰 재빠른 몸놀림으로 먹거리를 맛깔난 요리로 탄생시키는 요리사에, 최적의 타이밍에 맞추어 주식을 사거나 팔아 이익을 챙기는 주식 브로커에 자신을 노출하며 그 존재를 과시한다. 그런가 하면 두 영혼이 소통하고 공명하여 서로의 혼에 울림을 주는 달콤한 사랑에서조차도 골든 타임은 신비한 예술을 창조하고 있지 않은가. 보이지 않지만, 세상 모든 것에는 골든 타임이 존재하고 있어, 삶은 그것에 이끌려가고 있다는 생각이 든다.

삶의 가운데에서 중요한 한 박자, 일의 과정에서 결정적인 힘을 들이는 한순간을 '타이밍'이라고 부른다. 어쩌면 타이밍은 골든 타임의 가장 적절한 순간을 의미하는 것인지도 모른다. "인생은 한 방이다."라는 말은 아마도 골든 타임을 순간 포착해 치명적인 한 방으로 일을 성공시킨 경우가 아닐까.

나의 골든 타임은 언제일까. 생각해 보니 현재 바로 이 순간인 것 같다. 내일도, 어제도 아닌, 오늘 지금 이 순간이다. 하지만 눈 깜짝할 찰나에 흘러가 버릴 내 삶의 골든 타임이다. 어쩌면 골든 타임을 어떻게 보내느냐에 따라 나의 삶은 나만의 고유한 빛깔로 채색될 듯싶다. 내가 세상에 존재하기에 칠할 수 있는 나만의 골든 타임. 결코 매 순간의 골든 타임을 무관심으로 찢어버리거나 잔인하게 내팽개쳐 사라지게 하지는 않으리라.

순간이면 사라질 골든 타임을 값지고 보람 되게 채우고 싶다. 내 혼이 매료될 수 있을 만큼 건전하고도 좋아할 만한 일에 빠져 삼매 지경의 행복을 누리던가, 아니면 가슴이 뿌듯해

질 만큼 보람된 일로 그것을 채우고 싶다.

골든 타임에는 하늘을 훨훨 나는 새이고 싶다. 여축할 먹이와 좀 더 나은 보금자리 같은 삶의 근심을 내려놓고, 생을 힘들게 옭아매던 스트레스조차 벗어던지고, 끝없이 펼쳐진 창공을 시원하게 날고 싶다. 어제의 후회와 내일의 불안에 매이지 않고 오늘은 가슴을 텅 비운 새가 되어 자유로운 비상을 하고 싶다. 왜소한 몸과 여린 날개를 소유한 작은 새조차도 자신에게 주어진 골든 타임의 하루를 풍요롭게 누리고 있지 않은가.

골든 타임은 내가 누릴 수 있는 황금의 순간이다. 뜻깊은 골든 타임들을 이어 놓으면 내 삶은 값진 황금빛으로 반짝일 수 있으리라. 지금 이 순간 내 남은 인생의 골든 타임을 의미 있는 그 무엇으로 채울 각오를 다진다.

명상에서 얻은 자유

주위가 고요하다. 가부좌를 틀고 앉아 조용히 눈을 감는다. 맑을 것 같은 영혼은 세상의 미세먼지에 오염되었는지 선명하지가 않다. 시간이 지나자 혼의 탁한 기운들이 서서히 가라앉는 것 같다. 하지만 내 영혼은 썰물 끝에 남은 갯벌처럼, 세상에서 내쳐진 듯 초라해진 느낌이다. 어쩌면 그것은 시끄러운 세상 물결이 빠지며 자연스레 드러나는 나의 실체인지도 모른다. 아니, 성황리에 막을 내린 공연의 끝머리처럼 모두가 사라지고 화려했던 세상의 소리조차 자취를 감추며 생기는 적막 속의 고독일 것도 같다.

차츰 시간이 흐르면서 깊은 단전의 동굴에서부터 뿜어지는 들숨과 날숨으로 온몸이 편안해지자, 맑은 영혼에서는 새로운 세계가 신비롭게 전개된다. 어깨에 얹힌 책임과 의무, 온갖 세상 시름들이 허공 속으로 사라지면서 무한한 시공 속에 나만의 세상이 펼쳐진다.

한편으로 헤아려보니 명상은 허공을 닮아가는 것인지도 모른다. 무한히 넓고 커서 무엇에도 걸림이 없는 허공. 명상을 통해 영혼을 허공같이 커다랗게 만들면, 삶에 걸리거나 막히지 않아 상처를 입고 고통을 당하지 않을 듯도 싶다. 허공은 허허로워서 결코 다치거나 상처를 입지 않기 때문이다.

그런가 하면 허공에는 그 어떠한 것도 새겨 넣을 수가 없다. 삶에서처럼 내 것과 네 것에 금을 그어 표시할 수 없을 뿐 아니라, 너와 나의 잘못도 새겨 넣지 못한다. 그러고 보면 명상은 영혼을 허허로운 허공으로 만들어가는 과정이라는 생각이 든다.

생각해 보면 삶도 허공을 닮아서인지 내 것이라는 집착이나 아집이 불가능할 듯싶다. 거대한 우주 속 작은 점에 불과한 지구 한 모퉁이에서 무엇을 얼마나 오랫동안 소유할 수 있을까. 우주의 큰 눈으로 살피면, 삶은 죽을힘을 다해 허공같이 비워진 곳을 향해 달려가는 것일 듯도 하다. 사람들은 신기루 같고 허공 같은 삶을 움켜쥐려 애쓰지만, 떠날 때는 누구도 그 무엇도 손에 넣어 갈 수 없지 않은가. 명상은 우리를 좀 더 진실에 가까워지게 만드는 것도 같다.

하지만 반대의 눈으로 보면 아이러니하게도 허공은 모든 것을 포함하고 있다. 허공을 닮은 내 영혼도 나의 모두를 내포하고 있지 않은가. 내 마음속에는 극과 극을 이루는 선과 악이 존재하고, 천국과 지옥이 공존하고 있기 때문이다. 그래서인가 나는 하루에도 몇 번이나 지옥과 천국을 오가지 않는가.

생각해 보면 허허로운 명상도 삼라만상 모두를 내포하고 있는 것 같다. 그곳에서는 온갖 파노라믹한 영혼의 세계가 변화무쌍하게 전개되기 때문이다. 혼이 열리고 자신만의 세계가 무한대로 펼쳐지면 그것은 유한과 무한의 세계를 경계 없이 넘나든다. 산이 되었다 물이 되고, 바다로 변했나 하면 하늘로 승천해 구름이 되었다 마침내는 지구를 휘돌아 광대한 우주로 변한다. 온갖 세상이 생겨났다 소멸되며, 무한한 영겁이 찰나로 돌변하는 명상의 세계. 작은 지구의 한구석에서 나는 모든 의식의 시작과 끝을 명상으로 창조하고 멸진시키고 있는 까닭이리라.

영혼이 밝은 빛으로 가득 찬 명상이 이어지면, 혼은 싸한 민트 향을 주입시킨 듯 투명하게 맑아진다. 반복되는 단전호흡으로 가슴이 청량한 기운으로 가득 차면, 혼은 얼음이 녹아 물로 변하듯 부드러워지다 우주와 하나를 이루며 무한대로 커지는가 싶더니 불현듯 한없이 풍요롭고 넉넉해진다.

우리 인생은 부모가 지어준 몸을 빌려 쓰며 잠시 세상에 머물다 떠나가는 나그네이다. 헤아려보면 삶도 세상도 잠깐 빌려 쓰다 자연의 본체로 돌아가는 것이 아닌가.

문득 뒷마당으로 눈을 돌리자 장미와 부겐빌레아가 명상에 잠긴 듯 온몸에 정(靜)을 이루며 침묵하고 있다. 세상이 구별해 놓은 잘난 꽃도 못난 꽃도 차별 없이 명상에 빠져 있다. 그것들은 깊은 명상을 통해 예쁘고 밉다는 형상의 분별조차 무너진 것 같다. 돌아보면 세상이 만든 잘나고 못났다는 분별 때문에, 불쌍한 영혼들은 얼마나 세간의 덫에 걸려 상처를 입고 피를 흘렸을까. 명상을 통한 자연의 눈으로 보면 원래 분별이 없는 것을, 사람들은 나누고 구별하며 세상의 온갖 번뇌를 만들어내는 것 같다.

명상은 들숨과 날숨을 자연의 호흡과 맞추며 그것과 하나를 이루어 자연인으로 거듭나게 만든다. 명상을 통해 자연과 하나가 된 영혼은 어느 생명체와도 소통이 가능해질 듯싶다. 시공을 잊은 혼이 명상을 통해 우주를 윤회하며 찰나와 겁을 오가는 동안, 하염없는 평온함은 온몸 세포에 넘치는 희열로 퍼져나간다.

생각해 보면 명상은 자신의 삶을 어느 정도의 거리에서 관조할 수 있게 만들어, 생의 진한 통증까지도 슬기롭게 끌어안고 감당할 수 있게 만드는 것 같다. 삶의 질통을 명상으로 승화시키고, 자기 분수에 만족할 수 있다면 우리는 가진 것이 넉넉지 않아도 행복해질 수 있을 것 같다.

자신을 내려놓고 명상에 들면 영혼은 가장 낮은 곳에서 세상을 보게 된다. 살아 있음에 고마움을 느끼고, 하루를 지낼 수 있는 식량을 가진 것에 감사하며, 자신을 세상에 존재할 수 있게 해준 모든 것에 고마움을 느끼게 된다.

숨을 쉴 수 있는 생명이 있고 무한한 자유와 편안함을 느낄 수 있는 감성이 있다는 것은 얼마나 큰 축복일까. 살아 있음에, 오감의 온갖 빛으로 삶의 수채화를 그릴 수 있기에 인생은 아름답고, 그 순간 천국을 맛볼 수 있는 것 같다. 천국은 먼 하늘에 있는 것이 아니라 기쁨이 피어나는 순간마다 영혼 속에서 피어나는 것이 아닐까.

사각지대의 앵무새

동물원에 들어섰다. 뜨거운 햇볕 속 새장에 갇힌 초록 가슴의 빨간 머리 앵무새가 눈에 들어온다. 반복되는 일상에 지루했던지 앵무새는 지친 표정으로 새장 한구석에서 졸고 있다. 아프리카 푸른 정글에서 밀림의 자유를 만끽하던 새가 무슨 인연으로 사막인 캘리포니아 동물원까지 온 것일까. 불현듯 일상의 내 모습과 다름없음에 내심 크게 놀란다. 쇠창살의 일정한 간격같이 반복되는 하루 속에 나의 영혼은 졸고 있는지도 모른다.

한국에서 대학을 졸업한 뒤 새로움을 찾아 미국 땅에 온 지가 벌써 이십오 년이 넘었으니 꽤나 세월이 흘렀다. 처음에는 한국의 조급한 생활 습관에 젖어 모두가 느긋하게 걷는 교차로조차 뛰며 건넜다. 먹이를 받아먹는 어린 앵무새마냥 버스를 기다리며 영어를 배웠다. 문법에 어긋나 어섯도 안되는 영어로 옆의 사람에게 말을 건네면 얼굴조차 기억되지 않는 뚱뚱한 흑인 여자는 내 말이 답답했든지, 아니면 영어를 배우려 애쓰는 것이 안쓰러웠든지 말끝마다 고쳐주며 얘기를 이어갔다. 어쩌다 만난 가슴 넉넉한 미국 할머니는 단어의 악센트까지 몇 번씩 반복시켰다. 까만 입의 앵무새가 부리 속의 둔한 혀를 굴리며 사람의 언어를 익히듯 나는 그렇게 영어를 익혀 갔다.

생동감 넘치는 싱싱한 김치와 눈부신 흰밥에 길들어진 나, 언제부터인가 기름진 스테이크와 감자 칩들은 나의 깊은 내부에 무언가를 꿈틀거리게 했다. 날 잡아 벼르고 별러 끓여낸 매운 김칫국에 하얀 밥을 말아 몇 주일이고 먹어본다. 더 이상 김치와 밥은 그냥 단순한 음식이 아니다. 그것은 가슴에 맺힌 붉은 고춧빛 아쉬움이 진해져 생긴 끝없는 향수이다. 가슴에 줄기줄기 엉킨 그리움은 김칫국같이 걸쭉해서인지 먹어도, 먹어도 풀리지가 않는다. 모든 빛을 수용한다는 하얀 빛깔의 쌀밥조차 넘쳐흐르는 강물 같은 향수의 한을 풀어내지 못한다.

이십 년이 넘어 고향 서울을 방문할 때의 기쁨은 너무나 들떠서 걷잡을 수가 없었다. 고향 흙을 밟는다는 것은 기쁘다 못해 손끝에 들인 봉숭아물처럼 마음 한 모서리를 진한 설렘으로 물들였다.

가슴속에 아늑하게 그려진 고향 땅에는 멀리 뒤켠 큰 산의 나무들이 눈부시게 파란 하늘 아래 꿋꿋하게 서 있고 그 앞으로 나지막한 야산들이 옹기종기 둥지를 틀고 있다. 그 옆에는 삐뚠 자로 그은 듯 작고 예쁜 초록 논밭들이 정답게 붙어 있다. 산등성이 아래 겸손하게 몸을 낮춘 초가집은 늙은 어머니의 모습같이 고즈넉하게 낡았지만, 옛 모습 그대로 숨결처럼 자연스럽고 편안했다.

그러나 공항을 지나 차창 밖에 끝없이 펼쳐진 거대한 아파트 단지들은 무슨 산맥이라고나 할까. 놀랄 만한 발전은 위압감을 느낄 정도였지만 그 높이만큼 커진 고독감을 감출 수가 없었다. 이어져야 할 그 무엇을 잃었던가, 각진 모서리로 단절된 빌딩들은 휘청거리다 쏟아지는 빛 속에 어지럽게 흔들거렸다. 연둣빛 자연 속에 한가로워야 할 푸른 바람은 겹겹이 쌓여 진 차가운 인조 불빛에 밀린 듯 왠지 모를 썰렁함으로 외롭게 떨고 있었다.

강나루의 낡은 배에 몸을 싣고 조개껍데기 문양의 물결을 이룬 강을 건너면, 아늑하고 나지막하던 바람 숲이 서로의 뼈를 비비며 붉은 노을 아래 풍성한 하루를 마감했었다. 그 넉넉한 풍광이 모두 사라졌다. 평생 반쪽 몸을 물에 담그며 손님을 실어 나르던 낡은 나룻배의 삐걱삐걱 노 젓는 소리와 햇볕에 반짝이던 나루터의 가는 모래들 대신, 그늘 하나 없이 벌거벗은 아파트들만 무섭게 줄지어 서 있는 것이다. 공룡 같은 빌딩들은 내 마음속의 온갖 추억들을 가차 없이 몰아내었고, 작은 산의 심장을 도려내고 바람길을 끊어 놓았다. 그리하여 온 산의 나무를 깎아내다 못해 마침내는 나의 추억까지 숨을 옥죄었다. 놀랍다 못한 실향의 허전함은 내 영혼을 흔들었다.

고향은 사는 사람들만의 몫인지, 몸이 고향을 떠나면 고향은 매정하게도 떠나는 이를 버리나 보다. 변함없는 고향은 언제나 마음 깊은 곳에 소중히 간직되어 있는데 옛 고향의 모습은 어디에도 없으니 기억하고 있음 자체가 한없이 바보스러워진다. 어쩌면 추억은 사람 흉내를 내는 앵무새 소리가 사라지면서 생기는, 만질 수도 없고 보이지도 않는 소리의 여운인지도 모르겠다.

덕수궁 돌담길을 지나 추억 어린 광화문 네거리에 다다랐을 때 거의 쓰러질 것 같은 현기증을 느꼈다. 그곳은 중·고등학교를 거치며 아침저녁으로 육 년을 오갔던 정든 마음의 보금자리였다. 차마 수줍어 들여다보기만 하던 빵집도, 신호등 네거리의 평화롭고 아늑했던 정취도 찾을 수 없었다. 셀수 없이 많아진 차선과 수많은 지하철의 입·출구 일대가 마구 혼선으로 엉켜버린 것이다. 도무지 방향을 헤아릴 수가 없다. 광화문 모퉁이를 돌며 추억을 잃은 상실감에 나는 펑펑 소리 내어 울고 싶었다. 과거는 너무도 바쁜 현실에 더 이상 발붙일 곳이 없어 잊혀지지 않는 추억조차 슬프게 무너뜨리고 말았다. 찾아간 고향은 송두리째 도난당하고 허무하게도 실종됐다. 이제 나는 고향을 잃은 실향민의 신세가 되었다. 내 집, 내 땅을 그렇게 헤매는 주인이 어디 있단 말인가. 바야흐로 고향에서조차 낯선 사람이니 나는 철저한 이방인이 아니고 무엇이더란 말인가. 이제 나에게는 고향도 타향도 없다. 나는 어디에서도 정체성이 실종된 생명체이다.

자동차 백미러에는 사각지대라는 것이 있다. 실제로는 존재하지만 거울에 비쳐지지 않아 실체가 보이지 않는 공간이다. 나의 기억은 분명히 존재하지만 모든 실체가 사라진 까닭에 보이지 않는 사각지대에 머물고 있다. 안타깝게도 추억은 실체 없이 혼만 남은 그 무엇이 되어버린 것이다.

앵무새 장을 막 떠나려 하자 졸던 앵무새가 느닷없이 투박한 소리로 "아이 러브 유"라고 애교를 부린다. 앵무새의 사람 흉내가 내 영어 발음처럼 어설프고 서툴다. 밀림을 떠나 사막 캘리포니아의 까칠한 팜츄리 아래에서 낯선 소리를 더듬는 앵무새와 고향을 떠나 모자란 영어로 살아가는 나와 다른 점이 무엇이란 말인가. 언어조차 완벽하지 못하고 한국말도 잊어가는 철저한 언어의 사각지대에 살고 있는 나는 돌아갈 곳을 잃은 실향민이다. 밀림을 떠나 언어가 다른 세상의 동물원에 갇혀 있는 앵무새, 어찌 보면 사람의 언어와 새의 언어의 사각지대에 있는 앵무새가 바로 나인지도 모른다.

저녁 해를 등지고 동물원을 나선다. 돌아서는 발걸음 뒤로 빨강 머리 앵무새의 모습이 자꾸만 눈에 밟힌다.

마네킹

쇼윈도 안에 예쁜 여자들이 나란히 서 있다. 화사한 얼굴에 잘 매만진 머리 모양이 매끄럽기만 하다. 반짝이는 오렌지 불빛 아래에서 길고 까만 마스카라는 무척이나 고혹적이다. 도발적인 매니큐어에 값비싼 옷을 걸친 여인은 부러움을 한몸에 받고 있다.

입혀주는 옷에 손을 올리기도 굽히기도 하며 몸을 맞춰주는 매력적인 여자. 사랑이 넘치는 그녀의 표정은 뭇 시선을 끌어들이는 마력을 지녔다. 숨을 쉬지 않는 그녀는 불평도 욕심도 없이 공간을 지킬 뿐이다. 마력의 여인은 삶이 없는 유사 인간 마네킹이다.

마네킹(mannequin, 몸틀)은 화실의 인체 모형이나 옷 가게에서 옷을 입혀 진열하는 실물 크기의 인형이다. 여인들의 가슴에 내재된 아름답고자 타오르는 욕망을 반사시킨 거울 같다고나 할까. 매혹적인 마네킹은 팜므파탈의 얼굴로 가슴마다에 숨은 불같은 이브의 욕망에 불씨를 지피고 있는 듯도 싶다.

오래전 나도 한순간 마네킹이 된 적이 있었다. 아이를 아침에 등교시킨 후 다시 데리러 가는 어느 오후였다. 그날의 사건은 새로 사 입은 원피스에서 비롯되었다. 갈색의 고즈넉한 빛깔로 윤기까지 흘러 제법 고급스러워 보이는 불란서풍의 옷이었다. 치마 끝자락이 보이지 않는 고무줄로 무릎에서 마무리되는 옷이었다. 그런데 무릎 근처의 고무줄이 느슨했던지 걸음을 옮길 때마다 치맛자락이 밑으로 흘러내리는 것이다. 우아한 항아리 모양이어야 할 치마가 점점 삐딱한 병 모양으로 변하는 것이 아닌가.

움직일수록 흘러내리는 주책없는 치마는 당황스러웠다. 잠시 주위를 살피며 치마 끝을 올리려는 순간, 엄숙한 교장 선생님이 눈에 띄는 것이 아닌가. 성공회 신부이기도 한 미국 교장 선생님은 등하교 시간이면 차에 타고 내리는 아이들을 도우려 교문 앞에서 항상 대기 중이었다. 당황한 나는 치마 끝이 떨어지는 것을 멈추려 그 자리에서 다리를 벌린 채 멈춰 섰다.

뻣뻣이 얼어붙은 나와 이상 기후를 감지해 긴장한 그의 눈이 마주쳤다. 우리는 황야의 무법자가 결투 전 서로를 응시하듯 마주 섰다. 머리가 하얗게 비워졌든지 아니면 차갑게 얼어붙었던지 아무 생각도 나지 않았다. 그가 건물 안으로 들어서며 상황은 마무리되었지만 그 순간, 나는 얼어붙은 유사 인간이었다. 혼이 증발하고 실종되어 찰나에 마네킹으로 변한 나는 형체만이 자리를 지킬 뿐 넋이 존재하지 않는 정지된 인형이었는지도 모른다.

사람과 키며 얼굴 모습은 비슷하지만, 마네킹에는 살아 숨 쉬는 영혼이 빠졌다. 생존하지만 참된 혼이 실종되었다면, 그것은 영혼이 없는 마네킹과 다를 바 없을 것이다. 불의나 비리를 보고도 할 말을 못 하고 애매한 표정이나 짓는 사람은 삶이 없는 마네킹과 무엇이 다르단 말인가. 놀라운 것은 숨 쉬는 마네킹도 사고팔기가 가능하며 때로는 진짜 마네킹보다 더 낮은 값으로 매매된다는 것이다. 둘러보면 살아 있는 마네킹은 세상 도처에 널린 것 같다.

사람들이 마네킹을 바라본다면, 마네킹도 우리의 삶을 들여다볼 것이다. 보호구역을 벗어나게 한 사자를 죽여 자랑스럽게 그 가죽을 걸치고 사진을 찍는 사람과 격심한 풍랑으로 조난당한 사람들을 모두 남긴 채 자신만 도주하는 선장을 마네킹은 무엇이라고 정의 내릴까. 그런가 하면 늙은 부모를 살해하고도 뉘우침 없이 당당한 아들, 처자식이 딸린 유부남과 불륜을 저지르는 유부녀의 당당한 행위를 뭐라고 말할까. 매일 아침 신문 기사에 실리는, 있어서는 안 될 기막힌 사연들. 마네킹은 세상에 추한 얼룩을 만드는 영혼이 실종된 사람들보다는 혼이 없는 자신들이 훨씬 순수하다고 말하지 않을까. 어찌 보면 마네킹은 인간보다 훨씬 더 인간적일지도 모르겠다.

나는 어떤 부류에 속할까. 혹시 생존경쟁에서 남보다 앞서가기 위해 살아있는 영혼을 실종시키는 비굴한 마네킹은 아닐까. 종종 상황에 따라 정직한 삶을 흉내만 낼 뿐, 진실된 영혼이 사라진 가짜 인생의 마네킹인지도 모른다.

마네킹은 슬픈 형색과 기쁜 얼굴을 합친 이해하기 어려운 표정을 짓고 있다. 낯섦과 친숙함을 동시에 소유한 마네킹. 어쩌면 그것은 삶의 모습일지도 모른다. 인생은 희비애락이 겹겹이 얽힌 복합적인 여정이기 때문이다.

유사 인간은 서 있기도 하다 앉기도 하고, 눕기도 하다 엎드리기도 하며 우리의 삶을 흉내 내고 있다. 부드러운가 하면 거친 포즈이고, 여성적인가 하면 남성적이기도 하다. 사람을 닮은 것이 죄일까, 마네킹은 겉모습뿐 아니라 운명까지도 인간을 닮은 것 같다. 반짝이는 새 마네킹이 고급 백화점 안에 화려하게 진열돼 있는 반면 낡은 마네킹은 뒷골목으로 밀려나 싸구려 옷가지를 걸치고 억지 미소를 짓고 있다. 그런가 하면 손과 발이 분리되어 쓰레기장에 폐기 처리된 마네킹은 기능이 다하자 사회에서 폐기되는 우리의 삶과 같지 않은가.

어떤 더미 마네킹은 교통사고가 났을 때 우리에게 닥친 불행한 상황을 재현하기 위해 만들어졌다. 이들은 수명이 다할 때까지 수리와 재활을 거듭하며 수많은 자동차 사고를 겪어내야 한다. 인간의 짝퉁인 더미가 받아들여야 할 기구한 운명이다. 상황을 끝내고 힘없이 앉아 있는 이들의 모습은 어쩌면 나 자신에게 닥쳐올 아픔인 것도 같다.

살았지만 죽은 듯 사는 인간과, 죽었지만 산 사람 역할을 해내는 유사 인간. 어찌 보면 마네킹은 삶과 죽음을 오가며 인생의 모습을 보여주는 우리의 자화상일지도 모른다. 그것

은 사람보다 더 사람처럼 자리하면서 사람임에도 인간답지
못한 우리의 모습을 지적함으로써, 우리의 삶을 되돌아보게
만든다.

몸이 하는 말

"에이취 에취!"

또 기침이다. 밥을 먹으면서도, 잠을 자다가도 발동이 걸리기만 하면 통제 불능으로 터져 나오는 기침. 한 바탕씩 치르고 나면 목이 깔깔해지고 따끔하게 아프다. 잊을 만하면 활화산같이 터지는 기침은 시간과 공간을 가리지 않고 불쑥불쑥 나타난다.

이 불청객이 어디서 비롯된 것일까. 처음에는 집 안 창과 창틀을 모두 바꾸고 나서 시작된 것이기에, 창틀의 독소가 목을 자극하여 나오는 알레르기 현상인 줄 알았다. 하지만 여러 날이 지나 창틀의 독소가 모두 빠졌다고 생각될 즈음에도, 그것은 사라지기는커녕 더욱 극성을 부렸다. 아니, 오히려 증상은 더욱 심해져서 배가 고파도, 배가 불러도, 추운 날씨로 히터가 켜져도 반대로 꺼져도, 그것은 비열한 숨바꼭질을 하듯 자신의 실체를 드러내며 고통을 치르게 했다. 그러다 내 순간적 감정에까지 자신의 민낯을 드러내기 시작했다. 그것은 기분의 높낮이에 따라 변덕스러운 곡선을 오르내리며 작은 폭탄들을 마구 터뜨렸다. 단순한 알레르기일 것이라는 스스로의 진단을 비웃기라도 하듯, 나의 여린 영혼의 팔목을 세게 비틀어 갔다.

기침이 끊어지지 않자 불안한 마음에 호흡기내과 문을 두드렸다. 심각하게 엑스레이를 찍고 거쳐야 할 검사를 모두 마쳤다. 그런데 결과는 예상과 달리 몸이 큰 문제 없이 깨끗하다는 게 아닌가. 다만 칠 년 전에 생긴 약간의 천식 기가 못된 기침을 유발시킨다는 것이다. 의사는 일시적 기침을 달래줄 작은 알약과 스프레이를 처방해 주었다.

그렇다면 기침은 도대체 왜 생겨나는 것일까. 혹시 가슴속에서 해결되지 못한 삶의 상처들이 응어리져 버겁다고, 때때로 참을 수 없이 억울하다고 세상에 소리 내어 외치는 것은 아닐까. 아니면 몸은 기침으로, 삶을 짊어진 육신의 어깨가 무거웠다고, 올곧은 생을 지키느라 앞만 보고 달리던 눈이 침침해졌다고, 온갖 세상일에 열리던 귀가 더 이상 또렷하지 않다고 자신의 안타까움을 호소하는 것은 아닐까. 그것도 아니라면, 영혼의 지시에 맞춰 온 평생 움직이던 몸이 쉬어 가고 싶다고, 나름대로의 삶의 고달픔을 기침을 통해 넋두리하는지도 모른다. 힘겨운 삶을 한바탕 크게 쏟아내고 나면, 잠시 시원한 쾌감 같은 것이 생길 법도 하다.

그런데 다시 헤아려보니 기침은 삶을 견뎌 나가는 몸이 힘들다고 흘리는 눈물일지도 모르겠다는 생각이 든다. 눈물은 새로운 문으로 들어가는 또 하나의 시작이라고 했던가. 한동안 진하게 울고 나면 가슴에 맺힌 한이 풀릴 수도 있는 것이기에, 그것은 또 다른 삶으로의 출발일 수도 있겠다 싶기도 하다. 눈물을 흘리고 나면 지친 생의 응어리들이 씻겨 내리며 희석되고 가벼워질 수도 있으리라.

이제 잊을 만하면 흐르는 삶의 눈물들을 아침마다 알레르기 약으로 달래고, 목 깊이 스프레이를 뿜으며 토닥여 준다. 한동안 흘릴 눈물들은 고달픈 삶의 상처를 치유해주고 다시 일어설 지팡이 역할을 할 것이기 때문이다.

그런데 어찌 보면 기침은 귀소본능이 강한 철새인지도 모른다. 여름 한 철 어딘가에서 생존해 있다가 날이 차가워지면 존재를 드러내는 철새. 그것이 주변 환경을 정화시키는 이로움을 지녔는가 하면 조류인플루엔자라는 해로움도 지녔듯, 기침이 시작되면 나의 몸은 괴로워지지만, 한편으로는 흐르는 삶 속의 나를 반추하며 지나온 시간을 되돌아보게 된다.

쓸데없는 것에 영혼과 육체를 빼앗기며 그저 바쁘다는 핑계로 중요한 몸을 돌보지 못한 나. 그런가 하면 제한된 시간 속에 존재하는 생명체의 한계성을 미처 깨닫지 못한 미욱함과 물질인 육신이 영원할 것이라는 착각에 휘말렸던 자신이 아닌가.

삶 속에서 게을러지거나 나태해질 때마다 철새처럼 찾아오는 몸의 통증과 불편함은 나의 게으름과 나태를 일깨워주리라. 삶을 경질하는 몸이 때리는 회초리는 형이상학적이지도, 모호하지도 않은, 눈에 보이는 구체적인 현실이다. 그것은 육신이라는 한계와 세월의 유한성을 내게 일깨운다.

몸이 하는 말에 귀를 기울인다. 제한된 시간 속에 삶의 중요성을, 따끔한 채찍질로 깨우쳐 주기 위해 잊을 만하면 찾아오는 기침이 고맙다.

물이 가득한 박

수박의 한쪽 끝을 도려낸다. 그리고 그 조각으로 여닫이문을 만든다. 작은 문을 당기자 빨간 속살이 보인다. 수박의 속살은 왜 그리 빨간 것일까. 타오르는 여름 불길에 화상이라도 입었을까. 아니면 봄부터 여름을 그리다, 온몸이 짙은 그리움으로 물든 것일까. 어쩌면 수박은 뜨거운 여름을 힘겹게 보듬다 선홍빛으로 변했는지도 모른다.

지구를 닮은 수박을 자른다. 먼저 가운데 지점인 적도 부근에 과도를 넣는다. 초록 표피에 칼끝이 닿자 기다렸다는 듯이 쩍 갈라진다. 남반부와 북반부가 단숨에 나누어진 수박, 다시 북반부 런던 부근에서 칼질을 시작해 한국의 동해 바다 쪽을 가른다. 독도 근처에 붙은 씨를 떼어내고 뚝뚝 흐르는 물과 함께 한입을 썩 베어 문다. 아프리카의 어느 부족은 죽은 조상의 살을 베어 먹으면 그 얼이 자신의 몸에 들어간다고 생각하는데, 나의 얼도 언제나 독도를 지키고 싶었나 보다.

다시 수박을 여러 조각으로 나눈다. 인도의 땅 모양인 삼각형으로, 사우디아라비아를 닮은 사각형으로, 이탈리아 대륙의 장화 모양으로도 길게 자른다. 누구나의 인생 행로가 각기 다르듯, 잘린 수박 조각들도 마름질하기에 따라 그 모습이 제각각이다.

문득 수박으로 배가 가득 찬 둥근 지구 모양으로 불룩해지자, 나는 어느새 작은 지구별이 된다. 생각해 보면 삶이 힘들때마다 내 영혼에서는 찌는 적도의 더위가 쏟아지는가 하면, 적막한 겨울 바다처럼 고독해지기도 하고, 격정의 토네이도나 거친 쓰나미가 일기도 했다. 어찌 보면 둥근 지구가 된 나는, 세상이라는 은하계를 따라 알 수 없는 힘에 의해 움직이고 있는지도 모른다.

한 우물물을 먹고 사는 외갓집 사람들은 넝쿨로 이어진 수박같이, 혈연으로 연결되어 있었다. 몇백 세대를 이룬 마을은 모두 박씨 성으로 서로가 멀고 가까운 친척이었다. 그래서인가, 마을 사람들은 하나의 수박에서 잘려 나온 조각들처럼 말씨며 성정이 비슷비슷하게 넉넉하고 유순했다. 끊어지지 않는 수박의 줄기같이 끈끈한 정으로 이어진 마을 사람들은, 넉넉한 수박 속의 물같이 사랑으로 출렁댔다.

한낮 뜨거운 열기가 끓어오를 때면, 마을 꼭대기에 있는 외삼촌 집 원두막에 오르곤 했다. 작은 원두막 아래로 얼기설기 놓인 나무 계단을 오르면, 앞으로는 아늑하게 청산이 보이고 온 동네의 푸른 논과 밭이 한눈에 들어왔다.

황토 냄새 짙은 원두막에 사촌들과 둘러앉아 입 안 가득 수박을 먹노라면, 풋풋한 여름은 빨갛게 익어만 갔다. 매미 울음소리며 쓰르라미 합창과 함께 달덩이 같은 수박은 계절을 넉넉하고도 풍요롭게 채워주었다. 마을 사람들의 달달한 인정같이 달콤한 추억으로 각인된 수박. 방학 때마다 달려갔던 그곳은 어린 시절을 수박처럼 붉게 물들인 영혼의 고향으로, 아직도 지워지지 않는 사리가 되어 가슴속에 남아 있다.

새벽녘 동쪽의 작은 점에서 비롯돼 한낮 온 하늘을 덮는 해가 되듯, 수박도 작은 씨앗에서 시작해 어느새 커다란 열매가 되었다. 생각해 보면 따뜻한 해와 넉넉한 물, 그리고 물이 잘 빠지는 토양을 갖추는 일은 어느 것 하나 쉬운 일이 아니었으리라. 견디기 힘겨운 추위와 격심한 갈증과 열악한 환경은 수박의 삶을 얼마나 힘들게 하였을까.

하지만 일교차가 크거나 가뭄과 폭염이 심한 곳의 수박이 훨씬 당도가 높고 맛이 뛰어나다고 한다. 고뇌하며 지은 삶의 열매처럼, 쏟아지는 사막의 열기와 어려움이 그 열매를 한층 달게 만든 것이리라. 그리 보면 삶이 겪어야 하는 고뇌와 어려움은, 더 성숙하고 좋은 삶의 열매가 되기 위하여 반드시 거쳐야 할 과정인 것도 같다. 수박은 '물이 가득 담긴 박'이다. 그것은 딱딱한 땅의 지기(地氣)를 유동성의 수기(水氣)로 바꾸었다. 빈 평지에서 삼차원의 돔을 건설한 수박, 그것은 침묵하는 땅을 살아 숨 쉬는 생명체로 살려내지 않았던가. 그런가 하면 그것은 갈색 땅을 싱그러운 초록으로 바꾸며 내부를 선홍빛으로 물들여 놓았다.

강줄기가 모여 바다를 이룬다고 했을까. 실강 같은 줄기로 얼키설키 이어진 수박은 어느새 물 분자가 넘실대는 바다로 변했다. 타는 갈증을 해갈시켜주는 붉은 대해. 출렁이는 바다가 생명체의 젖줄이듯 수박은 사막과도 같은 삶을 살려내는 생명줄이며, 온몸으로 덕을 베풀어 갈증 난 중생을 해갈시켜 주는 불보살의 품성을 지녔다. 그러기에 아프리카의 사막을 건너기 위해서는 수박이 열리는 기간에만 가능하다고 하였다.

귀를 기울여 수박을 두드려 본다. 맑고 투명한 울림이 있는 수박이 잘 익은 까닭이다. 세월 속에 삶을 익혀 가는 사람처럼, 수박도 잘 여물려면 자신의 아집을 비우고 자기만의 울림소리를 낼 수 있어야 하나 보다.

한편으로 생각하면, 수박은 거친 삶에서 모나지 않고 둥글게 살아야 힘들지 않다는 것을 보여주기도 한다. 어디서나 둥근 몸을 원만하게 회전시킴으로써 모나고 뾰족한 삶에 걸리지 않도록 둥글게 둥글게 살라는 삶의 철학을 일깨워준다.

내게 주어지는 하루하루가 수박의 미덕을 닮은 삶이고 싶은 것은, 분에 넘치는 욕심이려나.

구두닦이

조심스레 주변을 살핀다. 남자들만 구두를 닦고 있기 때문이다. 결심하고 높은 의자에 오른다. 구두 모양의 금속판 위에 발을 나란히 올려놓고 앞으로 내민다. 기다렸다는 듯 구두닦이 노인이 검은 가죽 장화 위에 흰 구두약을 넓게 펼쳐 바른다. 구두에 붙은 세상 먼지를 모두 닦아내려는 것이다. 구두약이 몇 겹씩 덧발라지자 노인이 양손으로 맞잡은 천을 가볍게 좌우로 문지른다. 구두 얼굴에 광택이 나기 시작한다. 그것의 이마가 맑아지자, 움츠려진 세상이 쭈그려 앉는다. 온 세상을 거느릴 가죽 장화이기에 세상이 그 위에 내려앉은 것은 어쩌면 당연한 일인지도 모른다.

검정색과 하얀색 구두약은 무광택과 광택으로 번갈아 가며, 광을 살리는가 하면 죽이고 다시 죽였다가는 살려낸다. 밤과 낮 같은 삶의 어두움과 밝음을 오가듯 변화하는 구두. 삶을 뚜벅뚜벅 걸어야 할 그것이기에 그곳에는 세상의 다양한 표정들이 순간이나마 그려졌다 사라지는 것일 터이다.

구두를 닦는 일은 그 표면을 빈 공간처럼 비운 뒤 자신의 본래 모습을 그대로 살려내는 것일 거다. 하루의 삶도, 평생의 인생도 세속적인 것을 쓸어내고 실존하는 자신의 모습을 다듬어 반짝이게 하는 것이 아닐까.

끈기 있고 성실한 소의 가죽이 만든 구두에는 꾸준함과 부지런함이 담겨 있을 성싶다. 그런가 하면 활기찬 초록 엽록소를 취하는 소는 하루에도 몇 번씩이나 먹이를 되새김질한다. 생각해 보면 소의 분신인 가죽 구두도 활기찬 걸음 속에 자신을 되돌아보는 삶의 성찰을 잊지 말라는 의미가 숨어 있는 듯싶다.

구두닦이 노인은 슬하에 일곱 자녀를 두어서인가, 하루하루를 힘들게 보내는 것 같다. 짧은 하루지만 두 생업을 뛰어야만 유지되는 삶이다. 아침나절은 공항에서 구두를 닦고 오후에는 근처 매점에서 음료수를 판매한다. 심한 당뇨로 몸이 불편한 그는 일주일에 세 번씩이나 신장 투석을 견뎌내야만 한다. 낡을 대로 낡은 구두 같은 그의 삶을, 어쩌면 그는 성심을 다해 닦아내고 매만지며 광택을 내는 것인지도 모른다.

나의 가죽 장화는 어쩌면 춥고 질척한 비바람 같은 삶을 막아주는 갑옷일 듯도 싶다. 삶을 보호해주는 든든한 보호막이 되어주는 그것은 온 세상을 가죽으로 덮는 대신 조그만 발 하나를 감싸고 있다. 작은 발 하나를 지켜주기 위해 가죽 장화는 그렇게 탄탄하고도 긴 기둥을 세웠던가. 세상에 내디딜 작은 발 하나를 지키는 것이 온 세상을 단속하는 것보다 어쩌면 더 중요할지도 모르겠다. 작은 소중함을 지킬 줄 알아야 넓은 세상도 평정할 수 있는 것이 아닌가. 바람 잦은 인생길이지만 삶의 구두를 신고 걸으면, 어떤 흔들림에도 소신껏 걸을 수 있을 것 같다.

구두는 하늘을 보고 있지만, 땅을 버티고 서 있어야만 한다. 무겁게 누르는 삶의 무게를 감당하며 현실을 걸어가야 하는 것이 가죽 장화의 숙명이기 때문이다.

때로는 말발굽 같은 뒤축으로 당당하게 달려야 하고, 때로는 낫같이 생긴 그것으로 먹이를 잘라내야 한다. 풀이나 곡식을 자르는 낫은 먹거리를 갈무리하는 또 하나의 삶의 필수 도구가 아니던가. 탄탄한 것도 모자라 날카롭기까지 해야 하는 내 가죽장화는 삶의 도구이자 버팀목인지도 모른다.

삶의 무게가 버거워서인지 위와 아래를 잇는 부츠의 목 부분에 심한 주름이 잡혔다. 힘든 고비마다 부러지지 않으려 굽혀야만 했던 주름들은 삶이 만든 것들이다. 어쩌면 그것은 세월이 만든 이력서일지도 모른다. 싫어도 싫어 할 수 없고 두려워도 아무렇지 않은 듯 걸어야 했던 인생이 만든 아픈 훈장 같은 것이다.

세월 속에 몸이 삭아갔는지 균형이 불안해진 부츠는, 급하게 내디디면 삐걱거리다 못해 헐떡대기 시작한다. 그것은 영혼에 맞춰진 구두가 아니라, 쫓기는 현실에 맞춰진 빡빡한 구두이기 때문일 것이다. 달콤한 비상을 꿈꾸는 가슴과 각박한 현실이 만들어 낸 균형이 어긋난 구두는 희한한 몸짓으로 넘어질 듯 세상을 달리는지도 모른다.

어쩌면 인생은 발에 맞춘 구두를 신고 걷는 것이 아니라,

숙명처럼 정해진 구두에 발을 맞추고 걷는 것일 듯도 싶다. 각자의 업이 만든 구두를 신고 때로는 비틀거리다 넘어지기도 하며 삶이라는 녹록지 않은 길을 걷게 되는 것일 것이다.

검은빛이기에 무표정한 듯한 구두. 하지만 영혼에 먼지가 조금만 끼어도, 작은 상흔만 생겨도 그것은 감출 수 없이 그대로 노출되는 것 같다. 어쩌면 낡은 구두에는 삶에 찌든 나의 얼굴이 숨어 있는지도 모른다.

주글거리는 구두만큼이나 힘든 구두닦이 노인이 나의 구두를 닦아주고 있다. 굴곡진 삶의 주름으로 가득 찬 노인의 손이, 지치고 힘든 나의 영혼을 정성스레 보듬어주는 것 같다. 어찌 보면 초라하지만 동정 어린 그의 혼이 스트레스로 굳어진 나의 삶을 따뜻이 품어주는 듯도 싶다.

삶은 흠집 많은 서로의 구두를 포근히 보듬어주는 것인지도 모른다는 생각이 들었다. 멍들고 패인 서로의 주름을 쓰다듬고 펴주며 각각의 영혼이 가장 밝은 빛으로 반짝이게 하는 것이 인생인 듯싶기도 하다. 완벽하지 못한 사람들이기에 지치고 힘없는 서로의 구두를 감싸 주고 의지하며 더불어 걸어가는 것이 삶 아닐까. 어쩌면 낡고 구겨진 영혼의 구두를 정성껏 서로 챙겨주는 '구두닦이'야말로 진정한 인생일지도 모르겠다.

흔들리면서 피는 꽃

흔들린다. 비단인 듯 부드러운 진분홍 꽃 무리가 바람결에 화려하게 흔들린다. 플라멩코 새들의 호화로운 군무같이, 푸른 바람 속에서 진분홍 꽃잎들이 흔들리자, 분홍 새들이 날갯짓하듯 눈앞은 화사함으로 가득 찬다.

얇고 긴 다리의 칼란드리니아 선인장들이다. 하지만 가는 줄기는, 가분수처럼 얹힌 꽃들을 거센 바람 속에 지켜내는 것조차 힘겨워 보인다. 때를 가리지 않고 언덕 밑에서부터 솟아올라 선인장의 온몸을 무섭게 흔들어대다 자취 없이 떠나버리는 바람. 바람이 거세면 거세질수록 칼란드리니아 선인장은 매번 전신을 구십 도 각도로 낮게 낮추어 절을 하며 바람을 맞는다.

세찬 바람은 쉬지 않고 온종일 계속되었다. 아마도 세상에 살아남는 것만이 생존경쟁에서 버려지지 않는다는 것을 선인장은 오래전에 터득했기 때문이리라. 생각해 보면, 칼란드리니아 선인장을 괴롭히는 주변의 거친 환경은 선인장을 약하게 만들기보다는 오히려 무장시키고 내공을 다지게 하여 그것이 더 질기고 강한 뿌리를 내리게 하는 기폭제 역할을 하지 않았을까 싶다.

박제되어 붙박이지 않은 채, 바람과 함께 살아 흔들리는 진분홍 꽃들. 흔들린다는 것은 필시 생명과 에너지가 흐르고 있음이다. 지구가 흔들리며 돌고 있는 것도, 바다의 파도가 쉬지 않고 쳐대는 것도 모두가 살아서 생동하고 있기 때문이 아닐까. 어찌 보면 흔들린다는 것은 버티는 것이고, 꺾이지 않고 살아남으려는 굳은 의지인지도 모른다.

헤아려보면 영혼이 흔들린다는 것에는 무한한 가능성이 내 포되어 있는 것 같다. 혼이 흔들린다는 것은 생각이 정지되어 있지 않은 채 가능성을 가지고 움직일 수 있음을 의미한다. 그것에는 긍정과 부정이 모두 숨 쉬고 있기 때문이다.

바람과 한통속으로 움직이는 언덕 위의 선인장 칼란드리니 아 꽃들의 물결을 바라본다. 카탈리나섬의 바람받이에 속하 는 언덕을 향해 해풍은 쉼 없이 불어오고, 꽃은 누웠다가 일 어나기를 끊임없이 반복한다. 바람은 일정하게 부는 법을 몰 라, 수만 갈래의 방향으로 와서는 선인장꽃을 뿌리째 흔들고 할리우드 산으로 달려간다. 그런 바람에도 선인장꽃은 꺾이 는 일 없이 유연하게 허리를 굽혔다 폈다 할 뿐이다. 게다가 사막 기온으로 타오르는 붉은 해와 흡족하지 못한 물과 빈곤 하기만 한 양식이 만든 열악한 환경은 칼란드리니아 선인장 의 목을 심하게 조여왔을지도 모른다. 하지만 나쁜 조건들은 오히려 선인장의 뿌리를 더 단단하게 하고 삶의 의지를 더욱 깊이 다지게 할 뿐이었다.

어찌 보면 우리의 삶은 칼란드리니아 선인장꽃을 닮았을 것도 같다. 코로나바이러스 19 감염병의 거센 바람을 맞으며 우리는 얼마나 혼란스러웠던가. 선인장꽃을 향해 수만 갈래의 방향에서 몰려오는 바람같이, 출처 없이 확대되는 코로나바이러스는 세상을 뿌리째 흔들어 놓았다. 그런 거센 바람의 흔들림 속에서도, 세상 사람들은 얼마나 힘들게 살아남기 위해 가슴을 조였을까. 상점은 문을 닫고 사람들은 각자의 집에서 외롭게 격리되었다. 공공장소에서는 언제나 마스크를 쓰고 서로 간의 거리를 육 피트 간격으로 유지하며 인위적으로 고독한 삶을 만들었다. 하지만 이 괴질은 우리 삶을 약화하기는커녕, 칼란드리니아 뿌리처럼 살아있는 영혼을 강하게 흔들어 깨워, 삶을 무장시키고 내공을 탄탄하게 하여 더불어 사는 세상을 더 강건하게 만들었다.

　문득, 끊어진 바람 사이에 다소곳이 고개 숙인 진분홍빛 칼란드리니아 선인장꽃에서 우리의 삶을 읽는다. 코로나바이러스는 세상 사람들이 일상에서 누리는 평범한 하루에 고마움을 느끼게 했고, 이웃을 좀 더 가까이에서 사랑하게 했으며, 세상은 삶을 누리는 모든 이가 함께 걸어가는 하나의 공동체임을 깨닫게 했다. 도종환 시인은 그의 시를 통해 흔들리지 않고 피는 꽃이 없다며 흔들림 자체를 아름다움으로 예찬했다. 시인은 또 흔들리지 않고 피는 꽃이 없듯 젖지 않고 가는 삶도 없다고 하며, 바람과 비에 젖으면서도 꽃잎이 따뜻하게 피어나듯 우리의 삶도 그러하다고 위로해 주었다.

이제 칼란드리니아 선인장은, 언덕 위에 부는 거센 바람과 시야를 가로막는 짙은 안개와 가을 속 소란스러워지는 귀뚜라미 소리의 주변 모두를 온몸으로 품으며, 초연하고도 달관한 삶을 지어가는 듯싶다. 자신에게 주어진 빈곤한 물과 적은 양식에 만족하며, 어느 날 진분홍빛 꽃으로 삶을 승화시킨 칼란드리니아 선인장꽃. 바람에 휘둘리며 피는 꽃을 닮은 우리네 삶도 그렇게 흔들리며 피는 꽃이기에 아름다운 것이 아닐까.

컴퓨터

슈레더

화난 맹수다. 험악하고 뾰족한 이빨들을 살벌하게 맞문 채 눈을 곤두세우고 있다. 어떤 생명체든 입으로 들어오기만 하면 날카로운 이빨로 곧 작살을 내버릴 듯하다. 곤두선 이빨에 종이 한 장을 물리자 단번에 갈가리 조각을 낸다. 무서운 세상 이야기가 가득 실린 종이지만 그것의 입 안에 들어가면, 침 한 번 삼킬 사이 요절이 나고 만다. 구석에서 숨죽이며 침묵을 지키던 평소와는 달리, 가슴에 빨간 불만 켜지면 맹수로 변하는 분쇄기 슈레더다. 컴퓨터 옆에는 야수 슈레더 한 마리가 살고 있다. 때로는 걷잡을 수 없이 흉악하고 독한 것이 삶인지라, 포효하는 야수 한 마리 정도는 집 한쪽에 배치해 두어야 안심이 되어서다.

며칠 전 슈레더를 샀다. 슈레더(shredder)는 '종이 분쇄기' 또는 '파쇄기'라고도 하며 비밀 서류나 폐품 종이 등을 잘게 잘라 처리하는 기계다. 이빨이 갈라지고 문드러진 저번 것에 비해 몸체가 크고 최신형이어서 힘이 몇 배나 더 세게 보인다. 이번 녀석은 험한 톱니 이빨이 노골적으로 드러나지 않고 입을 점잖게 다물고 있어 생각이 깊고 품위를 지키는 맹수 같다.

웬만한 문서들은 손으로 북북 찢어 그 내용을 없앴다. 하지만 십 년 전부터 캐비닛 한 귀퉁이에 빚쟁이처럼 쭈그리고 앉은 세금 보고서들과 온갖 환자의 신상 내용은 그 양이 보통이 아니었다. 누군가 눈여겨보면 도용하기에 딱 좋은 서류들이었다. 맹수 슈레더는 그것들을 처리하기 위해 집에서 사육되기 시작했다.

서류마다 꽂혀있는 머리 한쪽의 스테이플을 빼고, 하루 종일 분쇄기를 돌린다. 쏟아져 나오는 옛 서류들은 찢어지고 갈라지며 원래의 얼굴이 무엇인지도 모르게 산산조각이 난다. 괴성을 내며 게걸스럽게 서류를 먹어대는 그놈은 과거와 현재 그리고 미래까지 모두 갈아내어 해치운다. 개인정보가 담긴 중요한 서류들이 이제는 그놈의 한때 먹잇감에 불과할 뿐이다.

사각사각 스트레스가 잘려 나가는 소리가 난다. 커다란 스트레스 덩어리가 잘게 부서지며 조각이 난다. 고액의 고지서나 불평등한 듯 높았던 세금 용지들이 작살나며 떨어진다. 생명이 끊어진 스트레스의 분신들을 보고 있으면 뭉쳤던 무언가가 풀리는 듯하다. 무의식에 숨어 있어 해결되지 않던 삶의 응어리들과 찌든 영혼의 때들이 조각나며 사라지기 때문일 것이다.

무소유의 본질은 모든 집착을 버리고 소유욕에서 자유로워지는 것이다. 슈레더 녀석은 자신의 입으로 들어온 모든 것을 본능적으로 자르고 오려내 세상을 비워내고 있는 것 같다. 어쩌면 녀석은 무소유의 본질을 온몸으로 실천하고 있는지도 모르겠다.

온 세상은 슈레더를 통해 돌아가고 있는 것인지도 모른다. 작은 우주인 나의 몸도 분쇄기 작용을 하며 몸에 들어온 음식 중 취할 것만 취한 뒤 모두 비워내지 않는가. 그런가 하면 우주의 작은 별들도 블랙홀이라는 슈레더로 종종 빨려 들어가 그 자취를 감추며 우주가 정돈된다.

생각해 보면 삶 자체도 가슴 깊은 곳의 분쇄기로 정리되는 것이 아닌가 싶다. 마음의 파쇄기로 게으름이나 거짓 같은 부정적인 요소들을 지워내고 정직과 부지런함같이 긍정적인 요소들을 얼마나 보관, 관리하는가에 따라 삶과 인생관이 결정되기 때문이다.

어느 영혼은 주변에서 받은 은혜들을 가슴속의 분쇄기가 모두 지웠는지, 자신이 베푼 기억만을 고집하며 순간을 괴롭게 보내기도 한다. 어떤 혼은 남에게 베푼 것들을 마음의 파쇄기가 모두 없앴는지, 자신이 받은 것만을 고마워하며 흡족한 하루를 보내기도 한다. 어느 넋의 슈레더는 삶이 선사한 보이지 않는 많은 선물을 모두 지운 탓에, 자신이 소유치 못한 것만을 헤아리며 불행에 빠지기도 한다. 그런가 하면 어떤 혼의 파쇄기는 좋기도 나쁘기도 했던 삶의 모두를 비워내어, 무엇이든 담을 수 있는 텅 빈 가슴으로 넉넉하고도 풍요로운 인생을 만들어간다.

자동차 공장의 슈레더는 폐 자동차를 파쇄 처리해 금속과 비금속을 분류해내며 불순물을 제거한다. 그러기에 수완 좋은 녀석은 깡통의 폐물조차 조각내며 깔끔하게 정리 처리해 내는 것이다.

그런데 교활한 슈레더 녀석은, 물질이 변화할 때 외부로부터 질량을 더해 주거나 빼지 않는 한 변화 전후의 질량이 항상 같다는, 질량불변의 법칙에 따라 사물의 겉모양이나 이름만을 바꾸고 있는 것인지도 모른다. 슈레더로 분리된 자동차나 깡통의 폐품들은 작은 조각으로 분해된 후 또 다른 원료의 재활용으로 다시 쓰이고 있기 때문이다.

바라건대 내 가슴의 편견과 오해같이 미숙한 생각들도 혼의 슈레더로 조각내어 없애고, 새 삶의 원료가 될 따뜻한 사랑과 이해로 재탄생되었으면 좋겠다. 인생의 찌꺼기들과 노폐물 모두를 영혼의 파쇄기로 갈아버리고 그 에너지로 긍정의 삶이 다시 탄생된다면, 나도 제법 쓸 만한 넋의 분쇄기가 되지 않을까. 삶의 한 가운데서 인생을 피폐시키는 부정적인 요소들을 밝고 바람직한 방향으로 바꾸는 영혼의 슈레더로 우뚝 서고 싶다.

만두

추석을 맞아 만두를 빚는다. 상 위에 빚어진 하얀 만두는, 강물에 띄워진 쪽배가 되었다. 그리움에 물든 밤하늘의 반달 이었나 하면, 세월의 언덕을 사뿐히 내딛는 수줍은 버선발이 되기도 한다.

처음에는 다진 새우에 부추를 더해 반달 모양의 만두를 만들었다. 하지만 나의 무의식 어딘가에서는 또 다른 달을 창조하고 싶었나 보다. 그래서 부추와 돼지고기를 섞어 반달 모양을 만든 후, 초승달을 닮은 통새우 한 마리를 한편에 세우니 어느새 보름달같이 둥근 만두가 생겨났다. 이제 팔월 한가위 달은 밤하늘에만 떠 있는 것이 아니라, 밥상 위에도 올라 내 영혼을 따뜻하게 위로해 준다.

한 주머니에 여러 종류의 음식을 품고 있는 만두는, 내가 사는 로스앤젤레스시(市)를 닮았다. 갖가지 소가 다양한 조화를 이루는 만두 속같이, 한 공간에 동양인과 서양인 그리고 스페니쉬 등의 여러 민족이 밀집해 삶을 영위하고 있기 때문이다. 그래서일까, 로스앤젤레스는 여러 종류의 음식을 한 주머니에 품은 만두같이, 나름대로의 맛과 멋이 버무려져 새로운 세상으로 탄생되었다. 각각의 개성들을 조화롭게 엮어 고유하고 그윽한 맛이 되었으니, 다른 만큼 독특하고 아름답다.

생각해 보면 만두와 삶은 참 많이도 닮았다 싶다. 삶이라는 주머니에 누구나 나름대로의 그 무엇을 담아도 괜찮은 듯, 만두 역시 그 안에 무엇을 넣어도 문제될 것이 없다. 칼칼한 김치도 괜찮고, 기름진 돼지고기도 풍요로운 맛이 넉넉해서 좋다. 게다가 만두는 한 가지 속만 넣거나, 아니면 몇 가지를 섞어 넣어도 그런대로 무난하다. 그것은 삶의 길이 단순한 외길이거나 몇 가지 길을 동시에 걷더라도 큰 문제가 되지 않는 이치와 같지 않을까.

그런가 하면 연하고 부드러운 만두피는, 속에 어떤 것이라도 감싸 안아 감당해 내야 하는 것이 우리 삶과 비슷하다. 만두 속의 간이 짜든 싱겁든 맛이 어떻든 만두피는 불평하거나 거부하지 않고, 자기가 감당해야 할 것을 말없이 받아들여 품는다.

만두 속에는 푸른 달과 밤하늘의 별 그리고 생명의 해가 숨 쉬고 있는 것 같다. 반짝이는 태양에서 힘을 얻은 푸른 부추와 별밤에 숙성된 잘 익은 김치와 달빛 바닷속에서 허물을 벗은 새우가 그 안에 깃들어 있기 때문이다.

내가 처음 빚은 만두는 상현달과 하현달같이 얌전하거나 반듯한 반달 모양이었다. 하지만 시간이 지나면서 대담해지자 반달에 초승달 모양을 덧붙여 보름달을 만들어 갔고, 마지막에는 얼마 남지 않은 재료로 그믐달도 빚어냈다. 아마도 한

가위를 맞으며 내 삶을 이어준 달을, 만두로 표현하고 싶었나 보다.

만두에는 지나가는 세월이 강물처럼 흐르고 있는 것 같다. 몇 달이 지나고 몇 해가 흘러야 한 번씩 먹게 되는 만두이기에, 그것을 먹을 때마다 흘러가는 시간을 절감하게 된다. 빚을 때마다 만두와 내 삶의 모양새는 다르지만, 구름 같은 세월이 바람처럼 흐르고 있는 것에는 틀림이 없다.

돌아보면 만두에는 내 삶의 역사가 기록되어 있는 듯도 싶다. 그것은 나의 일부가 되어 삶의 마디마디에 각인되어 있기 때문이다. 어릴 적, 시골에 사는 외할머니가 서울로 올라오시는 날이면, 우리 집은 꿩만두를 빚었다. 이모부가 사냥해 온 꿩으로 만든 만두는 반가운 만남의 축제였다. 온 가족이 두레상에 둘러앉아 할머니와 함께 먹던 만두는 영혼이 따뜻해지는 행복이었다. 그 후 여러 해의 보름달이 생겼다 없어지며 맞게 된 중학교 입학식 날 온 식구가 소공동 중국집에 마주앉아 즐겨 먹었던 물만두와 군만두 그리고 찐만두는 미래를 향한 밝은 희망이 아니었을까.

가정을 이룬 뒤 이곳 수만 리 먼 타관에서 한가위를 맞으며 또다시 만두를 빚는다. 이제 내가 만드는 만두에는 한과 사랑과 추억이 담긴, 디아스포라의 오렌지빛 향수일 것도 같다. 지금의 만두는 내 영혼이 아늑한 고향으로 떠나고 싶을 때, 나를 태우고 떠나는 작은 돛단배이다.

삶을 마주하듯, 단정히 앉아 만두를 빚는다. 분수에 맞게 마련한 만두 속을, 세상살이에서처럼 둥글둥글 모나지 않게 빚어간다. 생을 빚어가듯 만두소를 욕심껏 많이 넣어 터지지 않게 하고, 너무 적게 넣어 인색하지 않게 한다. 또 만두소의 간을 조화로운 삶의 간을 맞추듯, 너무 짜거나 싱겁지 않게 하여 한쪽으로 치우치지 않도록 한다. 그런가 하면 주변 상황에 맞게 세상일을 처리하듯, 빚을 때도 모든 과정을 순리에 맞게 한다.

만두를 빚는 일과 살아가는 법이 크게 다르지 않겠다 싶다. 왜냐하면 만두 요리에는 우리가 세상살이를 꾸려가는 이치와 순리가 들어 있기 때문이다. 만두가 숙성되어 가는 과정은 삶을 터득해 가는 지침서가 된다고나 할까. 그리 보면 아직 세상살이에 미숙한 내가 빚는 만두는, 인생 수행과정의 일부분이 될지도 모른다. 또 어찌 살피면 만두를 만들어가는 일은 삶을 실하게 숙성시키고 싶은 나의 작은 의지일 것도 같다.

세월 속에 익어가는 나의 만두는 언제쯤이나 환한 보름달이 되어, 넉넉하고도 조화롭게 평화로운 얼굴을 세상에 내보일 수 있을까.

컴퓨터

컴퓨터를 열었다. 뒤쪽에 연결된 부위를 카메라로 찍어두고 이어진 선 하나하나를 조심스럽게 분리시켰다. 컴퓨터가 병원에 가야 하기 때문이다. 컴퓨터는 가운데 스크린과 함께 인쇄도 하며 자기의 일을 꾸역꾸역 잘하고 있지만, 메일함이 잠겨서 열 수가 없는 것이다.

자동으로 열리어 내 집같이 드나든 우편함이 잠에서 깨어나니 모두 닫혀 버렸다. 밤새 바이러스라는 좀도둑이 메일함의 메모리를 몽땅 지워 놓은 것이다. 자기 전 주의 깊게 꺼놓은 컴퓨터였지만 기어코 일이 생기고 말았다.

교만한 컴퓨터의 명령대로 아이디를 넣고 비밀번호를 입력시켰다. 하지만 컴퓨터란 놈이 요구하는 몇 가지 답이 자기가 원하는 것이 아니라며 일방적으로 문을 차단한다. 더 이상 내가 아니라며 나의 존재를 통째로 부정하는 것이다.

정체성을 거세당한 나는 흐르는 피라도 보여주며 살아있는 나의 존재를 증명하고 싶었다. 아니, 나의 정체성을 총괄한 운전면허증이라도 내보이며 확인받고 싶었다. 아니면 우편함 관리자를 찾아가 내가 나임을 확인시켜 주며 억울하고 속상

하다고 호소라도 하고 싶었다.

십 년이 넘게 잘 써오던 우편함이 졸지에 공중 분해될 판이다. 나와 연결된 보이지 않는 사회가 폐쇄되며 끊어지려 한다. 갑자기 현실에서 실종되어 미아가 된 것 같은 느낌이다.

내 영혼의 유골함 같은 컴퓨터를 싸안고 수리가게에 들렀다. 수리공은 더 이상의 바이러스 방지를 위해 기본 판을 모두 바꾸자고 제안한다. 열린 컴퓨터의 내부는 몇 덩어리의 커다란 장기 사이로 붉고 푸른 정맥과 동맥 그리고 실핏줄 같은 수많은 회로로 연결되어 있다. 엉킨 신경다발같이 난해하기만 한 경로들이다. 그놈의 내장은 복잡한 세상일을 다루어선지 무척이나 복잡하고 혼란스럽다. 녀석은 너무도 예민하여 작은 혈관 하나만 막히고 끊겨도 중요 부분과의 연결이 두절되어 기력을 잃을 것이다.

파워 서플라이 뒤쪽으로는 뱀이 똬리를 틀 듯 굵은 줄이 둘둘 감겨져 있었다. 녀석은 온갖 지식을 가슴에 담고 굳게 입을 다문 채 쓰임을 기다리고 있다. 어쩌면 말없이 똬리를 틀며 긴 시간 동안 내공을 쌓고 있는지도 모른다.

컴퓨터 내부를 찬찬히 들여다본다. 내장 한편으로 쿨링팬이 달려있다. 온갖 세상일이 다 들어와 뱃속을 휘젓고 덥히니, 어떤 삶의 뜨거움에서도 화상을 입지 않도록 하기 위함일 것이다. 아니면 시도 때도 없이 다가서는 예상 못 할 인생의 열기에 타들어 가지 않도록 미연에 방지하는 것인지도 모른다.

숙련된 수리공의 익숙한 손놀림으로 오랫동안 쓰지 않던 다른 우편함을 겨우 열었다. 그리고는 문제의 우편함 인증번호를 얻어냈다. 잠시 후 문제였던 우편함 비밀번호를 바꾸어 입력하자 녀석은 그제서야 가슴을 열었다.

컴퓨터에는 따뜻한 피가 흐르지 않는다. 안하무인인 그놈은 푸근하고 순박한 사람 냄새 나는 인간 위에 도도하게 군림하는 것 같다. 그것이 지배하는 편하고 빠른 세상 뒤에서 소박한 나의 실체는 숨 막힌 채 죽어갔다. 문명이 앞설수록 뒤처지고 냉대받는 속수무책의 수많은 나와 같은 존재들.

가만히 있으면 컴퓨터에서는 작은 벌집 소리가 난다. 어찌보면 컴퓨터는 벌집인지도 모른다. 벌이 꿀을 수집하듯, 놈이 삶의 여기저기에서 구해온 온갖 정보의 꿀들을 저장하여 필요한 여러 사람에게 공급하니 벌집이 아니고 무엇이겠는가.

아침 눈뜰 때부터 잠들기 전까지 컴퓨터와 함께 동고동락하다 보니 어느새 나는 컴퓨터가 된 듯싶다. 생각해 보면 나에게도 컴퓨터가 가진 입력·제어·기억·연산·출력의 능력이 모두 존재하는 것 같다. 짜고 매운 삶의 맛을 감내하며 얻어낸 경험들이 기억에 저장되었다가 그것을 바탕으로 삶이 연산되고 출력되지 않는가.

두뇌 구조가 머릿속 구조같이 예민하고 치밀한 컴퓨터와 나. 어느새 나는 컴퓨터로 변신한다. 책상 위에 고정된 컴퓨터와는 달리 나는 '움직이는 컴퓨터'가 된다.

거리는 수많은 '움직이는 컴퓨터'로 가득 찼다. 거친 삶 속에 악성 바이러스에 먹혀 인생이 얼어붙은 컴퓨터가 있는가 하면, 오래전에 입력된 정보만을 고리타분하게 고집해 새로운 영혼으로 교체해야 하는 컴퓨터도 있다. 어느 컴퓨터는 중앙처리장치인 CPU의 제어 기능만이 존재해 자기 내부 프로그램의 명령만을 해석하여 감독, 통제하느라 다른 삶과 타협하지 않는 컴퓨터들도 있다. 어떤 컴퓨터는 CPU의 기능이 상실됐는지 가장 핵심적인 자동성이 아예 작동되지 않는 것도 있다. 또 어떤 컴퓨터는 입력 장치로 읽어 들인 고마운 경험을 기억하는 RAM이 파괴되어, 절체절명의 순간 가까운 이를 치명적으로 배신하는 '움직이는 컴퓨터'도 있다. 그런가 하면 최신식으로 업그레이드돼 신선하게 삶을 구현해 나가는 컴퓨터도 있다.

그렇다면 나는 과연 어떤 컴퓨터일까? 하나의 업무를 처리하기 위해서는 입력·제어·기억·연산·출력의 다섯 장치가 고루 연결돼 종합적으로 기능을 수행하는 바람직한 컴퓨터일까. 자신의 프로그램 명령만을 강조한 나머지 그것을 감독하느라 주변과는 문조차 못 여는 소통 불능의 컴퓨터는 아닐까. 아니면 입력된 기억만을 강조하며 딱딱하게 앉아 누구하고도 불통하려는 그런 것일 수도 있으리라.

컴퓨터가 낡으면 기능이 노화되고 신진대사가 느려져 폐기 처분해야 한다. 하지만 아직 기능이 가능한 컴퓨터가 사고를 당하면 쓸 만한 부품들을 꺼내 다른 컴퓨터로 대체시킨다. 다른 컴퓨터에게 간을 이식하기도 하고 심장을 옮기기도 하며 삶이 폐기 처분될 때까지 그 기능을 또 다른 컴퓨터에서 수행하는 것이다.

삶을 만드는 '움직이는 컴퓨터'도 필요할 때는 부품을 바꿔 끼워 개선해야 할지도 모르겠다. 참을성이 없는 컴퓨터에는 '인내'라는 부품을 다시 입력해 넣고, 강박관념에 싸인 컴퓨터는 경직된 그것 대신 '여유'라는 프로그램을 새롭게 깔아 교체시켜 주는 것이다. 컴퓨터의 본체가 튼튼하다면, 필요한 부품들을 부지런히 교체하며 업그레이드시키다 보면 언젠가는 완벽에 가까운 컴퓨터가 될 것이다. 부단히 노력한 삶의 컴퓨터는 새로운 영혼의 주입으로, 게으르고 낙후된 것에 비해 그 기능이 훨씬 진보될 것이다.

새 세대인 오 세대 컴퓨터의 대표적인 관심 분야는 인공지능으로 보고, 듣고, 말하고, 생각하는 능력을 갖춘 지능형 컴퓨터로 자동화가 특징이다. 컴퓨터가 나와 같이 생각하는 능력과 독립적인 판단까지 내리는 하나의 인조인간으로 탄생된다는 것이다. 어쩌면 컴퓨터 그놈이 발전하면 할수록 나의 능력은 그것과 비교되며 어떤 면에서는 경쟁의 대상이 될지도 모르겠다. 그러다 그것의 끊임없는 노력으로 그 성능이 눈부시게 향상되면 그놈은 내 위에 군림할 것이고, 나는 마침내 녀석의 노예가 될지도 모른다.

컴퓨터도 하나의 생명체로 탄생하려고 몸부림치는 이 시대에, 순수한 영혼을 지닌 생명체인 나는, 부족한 품격의 부품들을 파격적으로 교체해야 할지도 모르겠다. 성숙된 감성과 치밀한 이성 수치와 정확한 판단력으로 다시 태어나는 것이다. 혼과 생명을 가진 '움직이는 컴퓨터'가 따뜻하고도 성숙된 가슴의 감성을 품고서 최신식으로 업그레이드된다면, 삶은 또 하나의 신선한 충격으로 다가설 것이다.

김치찌개

일상이 녹록지 않으면 김치찌개가 생각난다. 답답한 현실을 화끈하게 뚫고 싶은 날에는 더욱 간절해진다. 뜨겁고 매운 김치찌개에 빠져 한동안 땀을 흘리고 나면, 막혔던 영혼이 조금씩 열리는 것 같다. 아마도 김치찌개의 칼칼한 맛이 혀에서 가슴으로 이어지며 혼을 깨우고 카타르시스 되기 때문일 것이다.

오늘은 찌뿌둥한 하늘 때문인지 왠지 하루가 무겁다. 이런 날은 신나는 음악 속에 영혼을 승화시킬 김치찌개를 만들어야겠다. 우선 멸치와 다시마, 대파를 냄비에 넣고 걸쭉한 육수를 우려낸다. 온몸을 도는 붉은 피 같은 육수는, 눈에 띄진 않지만 맛의 중심을 잡아줄 중요한 역할을 할 것이다. 다른 냄비에는 돼지 목살과 김치를 담고 김칫국물 반 컵 정도를 더해 잠시 끓여낸다. 팔팔한 김치의 숨을 죽이기 위한 것이다. 새롭게 태어나기 위해서는 더 이상 김치이기만을 고집해서는 안 되기 때문이다. 이제 숨죽은 김치와 돼지고기에 준비한 육수와 다진 마늘, 맛술을 넣고 한참 동안 끓이다 다시 두부와 대파를 얹어 살짝 익혀낸다.

하늘의 비와 땅의 지기로 길러진 배추와 고추와 마늘 그리고 바다가 품었던 소금과 멸치와 다시마가 합쳐져 숙성되고 발효되며 태어난 김치, 그것에 불기운을 더하려 하늘과 땅과 바다가 작은 냄비 안에서 만났다. 마치 소꿉장난하던 시절의 추억과 어머니 사랑이 지금의 나와 양은 냄비 안에서 반갑게 만난 듯 말이다. 노을빛 김치찌개에는 돌아가지 못할 어린 시절의 골목길들이 이리저리 이어져 있고 동네 꼬마들의 고무줄놀이가 출렁이는가 하면 점박이 바둑이가 반갑게 꼬리를 흔들고 있다. 어쩌면 좁은 냄비에서는 하늘과 비와 땅에 섞여 놀던 어릴 적 나와 지금의 내가 그간의 세월을 증발시키며 지글지글 끓여지고 있는지도 모른다.

드디어 오늘의 최고 작품인 '김치찌개'가 탄생 됐다. 무럭무럭 김이 오르는 따뜻한 밥 위에 찌개 속의 김치 한 젓가락을 건져서 입에 넣는다. 혀에 착착 감기는 감칠맛이며 매콤하게 톡 쏘는 맛이 환상적이다. 잘 익은 김치찌개 하나에 열 반찬이 부럽지 않다. 이제 김치찌개가 밥도둑으로 변신하여 나의 혼을 온통 사로잡는다고 해도 오늘 오후는 마냥 행복할 것이다.

식물성인 김치와 동물성인 돼지고기가 궁합을 맞춰 만들어진 얼큰한 김치찌개는 충동적이고 공격적인 동물적인 삶과, 주위 환경에 순응하며 있는 그대로를 수용하는 식물적인 삶이 골고루 내포되어 있는 것 같다. 그래서인가, 김치찌개를 먹고 나면 왠지 북극곰 같은 기운이 불끈 솟고 알 수 없는 행복감에 젖어, 있는 그대로의 하루를 수용할 수 있는 것 같다.

김치찌개가 되기 위해 배추는 여섯 번이나 자신을 죽였다. 배추가 잘라지며 온전했던 몸이 반으로 나누어졌는가 하면, 소금에 절여지며 자신의 본질조차 변질되었다. 얼마 후 무와 젓갈이 삽입되며 배추는 완전히 속을 비워야 했고, 김치로 숙성되며 또다시 변해야 했다. 그런가 하면 김치찌개로 변신하면서 김치의 속성조차 버려야 했고, 내 몸에 들어와 산화되며 더 이상 자신의 모습은 어디에도 찾을 수가 없다.

자기를 버릴 줄 알아야 다시 태어날 수 있는 것을 온전한 삶이라 했을까.

새롭게 태어나기 위해 그것은 자기의 속성을 몇 번이나 죽였을까. 작은 일에도 자신만을 고집하며 버릴 줄 모르는 나와 비교하면, 하찮은 김치찌개라도 예사롭지 않다. 어쩌면 김치찌개는 '자기'라는 존재 의식조차 모두 벗어내어 비울 줄 아는 해탈의 경지에 오른 것도 같다.

김치찌개를 맛보면 김치의 신맛 때문에 숨겨진 단맛이 대비되며 강조되는가 하면, 단맛이 있어 톡 쏘는 짠맛을 감춰준다. 또 김치의 새콤함은 돼지고기의 느끼함을 없애줄 뿐 아니라 고소한 맛을 강조시키며 김치와 돼지고기가 뗄 수 없는 찰떡궁합을 이루게 한다.

생각해 보면 삶에서도 연약하지만 세심한 여자와 강하지만 대범한 남자가 공존함으로써 궁합을 이루는 것 같다. 서로 다른 생명체와의 섞임은 어쩌면 자연이 만든 가장 자연스럽고도 아름다운 조화일 듯싶다.

김치찌개를 먹다 보면 어느새 나는 그것과 하나가 되는 것 같다. 발갛게 익은 김치찌개처럼 온몸이 붉어지며 영혼까지 화끈해지는 것이다. 작은 냄비 안에 있던 그것이 내 몸에 들어와 내가 서서히 김치찌개로 채워지면, 나는 어느새 그것으로 변해 가는지도 모른다. 다양한 삶을 품은 김치찌개같이, 복합적인 인생에 담긴 나도 당연히 그렇게 되어가는 것인 듯싶다.

김치찌개는 삶을 닮았다. 까탈을 부리며 타오르는 불꽃 빛이며, 톡 쏘는 매콤함에 새콤달콤한 맛이 섞여 삶처럼 딱 잘라 정의 내리기가 힘들다. 그래서인가, 김치찌개는 맵고, 달고, 시고, 짠, 혀가 감지할 수 있는 거의 모든 맛을 지니고 있다. 그것은 삶을 걸으며 느낄 수 있는 인생의 맛 같은 것이다.

삶이란 무엇일까. 짜고 매워 정신없고 힘들다고 온갖 푸념을 다 늘어놓지만 끝내 거기에서 헤쳐 나오지 못하는 것이 인생 아닌가. 혀끝이 얼얼할 정도로 맵고 자극적이지만 나름대로의 새콤달콤한 맛에 빠져 끝내 포기하지 못하는 김치찌개처럼, 삶도 그 맛에 탐닉되고 중독된 채 매 순간 몰입하며 걸어가는 것 같다.

여러 가지 맛이 어울려 바글바글 익어야 김치찌개가 제맛이 되듯, 삶도 세월 속에서 발효되고 숙성되어야 제격일 듯싶다. 여러 번 끓여낼수록 맛이 깊어지는 김치찌개처럼, 인생도 뜨거운 시련으로 몇 번이고 지글지글 끓이다 보면 그 맛이 숙성되며 익어가는 것은 아닐까.

삶이 편치 않을 때면 김치찌개가 먹고 싶어진다. 어쩌면 이길 수 없는 삶에 지쳐 그것을 닮은 김치찌개와 한바탕 싸움이라도 벌이고 싶은 마음에서인지도 모르겠다.

몸 연꽃 피우기

요가를 시작했다. 잠자던 근육들이 깨어나 반란을 일으키는지 온몸이 삐꺽거리며 저려 온다. 야생동물의 몸짓으로 이어졌던 요가, 뜨거운 양철 지붕 위를 뒤척이는 고양이가 되었나 하면, 가파른 바위 위에서 발톱을 세운 염소도 되었다가, 새장에 갇힌 새처럼 힘겨운 날갯짓을 하며 게으른 근육들을 흔들어 깨웠다.

수시로 변하는 동작들은 꼿꼿한 직선의 근육들을 접어 곡선으로 만드는가 하면, 곡선 위에 또 다른 곡선을 얹으며 3D의 삼차원 세계를 창조해 나갔다.

근육을 종잇장처럼 펼치고 접으며 만드는 요가에는 긴장과 이완, 거침과 섬세함, 파격과 일상, 동(動)과 정(靜)이 꿈틀대는 것 같다.

진한 카레를 닮은 요가. 둘이 다 고향이 인도라는 것과 몇 가지 공통점이 있다. 짙은 향료의 합성체인 카레와 각종 야채를 섞어 만든 카레라이스가 혀의 미각을 콕 쏘아준다면, 요가도 온몸에 퍼진 근육들을 자극하면서 뼈와 혈을 당기고 누르며 예민한 신경들을 콕콕 찔러준다. 또 요가 근육에 힘을 집중하다 보면 뜨거운 전류가 혈관을 타고 돌아 덥고 땀이 나듯이, 카레라이스 역시 맛에 탐닉하다 보면 온몸이 덥혀지며 여기저기서 땀이 솟는다. 재미난 것은 둘 다 영혼을 정화시키는 시원한 청량감으로 마침표를 찍는다는 것이다.

열대의 끓어오르는 기운을 품어 자극적이고 진한 카레와 요가. 카레의 향신료가 인생의 맛과 향을 돋워 몸과 영혼을 알차게 만든다면, 요가도 신체와 영혼을 실하게 하고 열반의 경지로 혼을 승화시켜 삶을 풍요롭게 한다. 세월 속에 무너지는 몸을 다시 세워보려 시작한 요가는, 한여름 떨어진 미각을 깨워주는 카레라이스 같다.

마룻바닥에서 맨발로 진행된 요가 수업이었다. 가열되는 근육 운동들로 나의 혼은 점점 어지러워지며 창백해졌다. 하늘로 손을 뻗친 후 갈비뼈를 한쪽으로 틀어 숨을 고정하려는 순간, 힘줄이 만든 아찔한 통증과 현기증에 몸이 부르르 떨렸다.

얼마 후 한쪽 다리로 똑바로 서서, 각을 만든 다른 쪽 다리를 붙이며 움츠렸던 다리 근육을 한껏 펴자 별안간 혈관 안에서 찌릿찌릿 전기가 흐르더니 심한 경련과 함께 다리가 뒤틀리는 것만 같았다. 잠시 후 숨을 고르고, 엎드려서 무릎 한쪽을 세우며 허리를 틀자 몸은 어느새 진땀으로 질척대기 시작했다.

끊어지지 않고 이어진 몸속의 근육들, 그것은 우리가 사는 세상의 모습과 같은 듯싶다. 근육 하나하나가 독자적인 것 같지만 '인드라망의 구슬'처럼, 서로 이어진 채 서로를 비추고 비춰주는 관계에 있기 때문이다. 삶이 질긴 것은 소우주의 인간 고리들이 대우주인 세상까지 칡넝쿨처럼 이어졌기 때문이리라. 보이지는 않지만 끊을 수 없이 지속된 삶의 근육들을 보며, 더불어 사는 생을 생각한다.

그래서일까 지구촌 여기저기서는 요가의 자세같이 기기묘묘하고 예측 못 할 사건들이 황당하게 벌어진다. 그것은 세상살이가 요가의 자세처럼 온갖 기이한 형태로 힘줄을 당기고 늘리며 삶을 희한하고 당황스럽게 만들기 때문이 아닐까.

죽을힘을 다했지만 엉성하기 짝이 없는 내 요가 자세는, 허접한 성냥개비를 쌓아 만든 조마조마한 조형물 같았다. 흔들리는 피사의 사탑 모양 빈 공간에서 흐느적대다 약한 바람에도 쓰러질 듯 불안하고 위태로웠기 때문이다. 그것은 정신없이 살고 있는 나의 삶이 그대로 노출되는 것 같았다. 두서없이 울퉁불퉁한 하루들과 사리 분별을 잘못해 균형을 잃어버린 불안정한 내 삶의 모습이었다.

생각해 보면 인생과 요가는 닮았다. 요가의 자세마다 개개인이 수용하는 근육의 강도가 다르듯이, 삶에서도 영혼마다 받아들이는 주변 자극에 온도 차이가 있는 것 같다. 그런가 하면 충격적이고 죽을 맛인 요가의 처음처럼, 삶 역시 처음 시작하는 일에는 어려움이 많은 듯싶다. 승자도 패자도 없는 삶과 요가. 힘든 자세를 견뎌내야 하는 요가처럼, 인생도 자신의 혼을 당기고 조이며 삶의 어려움을 참고 견뎌 나가야 하는 것은 아닐까.

마침내 긴 노력과 인고의 시간 끝에 소우주에 작은 연꽃이 피어났다. 몸 연꽃이 피어난 것이다. 긴 날숨과 함께 무아지경의 황홀경으로 열린 영혼. 순간의 연꽃을 피우기 위하여, 얼마나 근육들은 힘든 고통을 참고 견뎌내야 했을까. 절묘한 자세로 번뇌만큼이나 많은 힘줄을 밀고 당기며 긴긴날을 땀흘려 피워낸 꽃이리라.

힘줄의 격한 시달림과 절대 적멸의 순간을 넘나드는 요가는, 찰나의 니르바나를 위해 거친 근육의 담금질을 참아내며 온갖 번뇌를 해탈로 승화시켰다.

그것은 소우주의 격렬한 노역을 통해, 대우주를 향한 열반의 경지에 혼을 도달시켰다. 보이는 몸을 통해 보이지 않는 혼의 세계를 아우르는 동양 철학의 요가. 어쩌면 그것은 육신의 거친 고통을 통하여 찾아가는 자신만의 니르바나일지도 모른다. 모진 고통 속에 영혼의 번뇌가 안개처럼 걷히면, 혼은 텅 빈 무소유 속에서 무한한 자유를 누리리라.

생각해 보면 절묘한 삶은 요가와 같다. 삶의 쓴맛과 시달림도 참고 기다려 인내하면, 어느 날 영혼을 순화시키고 생을 성숙시킬 향긋하고도 고운 연꽃이 피어나지 않을까. 거친 삶의 진통 속에서 피어난 '니르바나의 연꽃'은 더욱 의미깊고 향기로울 듯싶다.

핸드폰

핸드폰을 들여다본다. 마치 작은 수첩 같다. 아는 사람들의 연락처가 기록되어 있는가 하면 가끔 가는 서점 이름도 있다. 바쁜 하루를 기억해 주고 필요할 때마다 챙겨주니, 비록 얼굴은 긁히고 낡았지만 그저 있어 주어서 고마운 비망록이다.

일요일 아침, 한 주의 피로로 늦잠을 즐기기는커녕 서둘러 전화할 채비를 한다. 그 전날 콘서트홀에서 실종된 핸드폰 때문이다. 전화기가 없어진 것을 발견한 전날 밤 잃어버렸을 만한 곳을 찾아 떠나려 했다. 하지만 이미 문이 잠겼다는 바람에 다음 날로 미뤘다.

한동안 희비애락으로 사랑을 나누던 연인이 갑자기 증발했다고나 할까. 가슴속의 그 무엇처럼 휴대폰 없이는 한순간도 안정을 찾기가 힘들었다. 그것은 기억을 차곡차곡 저장해 놓은 나만의 일기장일뿐더러, 삶의 급한 고비마다 문제를 해결해준 해결사이기 때문이다.

혹 핸드폰이 없는 사람이 나보다 먼저 발견하면 어떻게 될까. 낡고 헐어 볼품은 없지만, 나의 전부를 실은 그것을 누군가 가져갈까 봐 가슴을 졸인다. 남편은 그런 구닥다리 핸드폰을 누가 가져가겠느냐며 나를 안심 시킨다. 못생긴 나무가 산을 지킨다고, 외모가 번듯하지 못한 것이 어쩌면 다행일지도 모른다.

실물을 했다는 생각까지 잃어버린다면 얼마나 편안할까. 소유에 대한 집착은 가슴 한구석에서 불씨를 댕기더니 또 하나의 번뇌에 불을 붙인다. 순간, 텅 빈 무소유의 자유로움이 얼마나 아름다운가를 실감한다.

전날 앉았던 좌석번호를 알려주며 주변에 혹시 핸드폰이 떨어졌나 샅샅이 살펴봐 달라고 부탁을 한다. 하지만 내가 앉았던 자리에는 아무것도 찾을 수 없다는 대답이 이어진다. 잃어버린 아이를 찾아 나서듯 서둘러 남편과 그곳으로 나섰다.

못난 자식처럼, 긁히고 때가 묻고 결점이 많기에 오히려 더 정이 가는 핸드폰이다. 손끝에서 떨어지지 않고 동고동락하던 그것은 불평 한번 없이 내 곁을 맴돌았다. 힘들고 지칠 때 의지하던 피붙이같이, 무료할 때면 뒤적거리며 위로를 받았다. 달달한 음악과 익살스런 영상으로 깜짝쇼를 해대며 순간을 기쁘게 만드는 마술사 같았다.

전날의 화려했던 음악회와는 달리 관중석엔 무거운 침묵만이 가라앉아 있었다. 경비원은 플래시 불을 비춰가며 내가 앉았던 좌석을 샅샅이 뒤진다. 하지만 무엇도 걸치지 않은 빈 벽 같은 그곳에는 아무것도 찾을 수가 없다.

남편의 핸드폰으로 전화를 해 보지만 녀석은 기운이 쇠했는지 신음조차 내지 못한다. 불러줄 때마다 화사한 꽃으로 피어났던 핸드폰. 김춘수 시인의 시구처럼, 불러주기 전에는 하나의 몸짓에 지나지 않았던 것이, 열 개의 번호로 이름을 불러주자 내게로 와 꽃이 되었다. 어쩌면 핸드폰은 이름을 부르면 다가와 누군가의 꽃으로 피어나고픈 기다림의 꽃인지도 모른다. 삭막한 삶의 가슴속에서 피어나 잊히지 않는 하나의 눈짓으로 승화되고 싶은 의미의 꽃일 것도 같다.

어찌 생각하면 핸드폰은 나비일 듯도 싶다. 그리움과 기다림을 싣고 카카오톡 나비는 멀거나 가깝거나 사뿐히 비상한다. 나풀거리는 날개로 태평양을 건너 정든 고향에 반가운 소식들을 전해 준다. 나비의 가냘픈 날개에는 정다운 눈빛과 고향의 향기까지 곱게 배어있는 것 같다.

핸드폰의 작고 얇은 네모진 상자에는 온 세상이 들어 있다. 세상 소식들과 지구별의 세밀한 지도가 들어 있고, 영혼의 이야기들이 보관되어 있다. 상자 얼굴을 손가락으로 쓰다듬으면 조그만 창에 온 세계가 뜬다. 마치 미켈란젤로의 천지창조에서 영혼이 담긴 손가락이 혼을 불어넣자 세상이 열리듯, 손가락은 핸드폰에 영혼을 불어넣는가 보다. 인체의 축소판이라 볼 수 있는 손가락과 손가락의 만남. 정녕 삶은 영혼이 닿아야만 열리나 보다.

드디어 세상에 하나뿐인 나의 핸드폰을 남편이 찾아냈다. 전혀 기척이 없던 핸드폰이 내가 앉았던 바로 앞 좌석에서 발견된 것이다. 내가 남편과의 인연이 대단한 만큼, 낯익고 때 묻은 핸드폰도 남편과 인연이 만만치 않은가 보다.

생각해 보면 핸드폰은 인연을 맺어주는 메신저인 것 같다. 불가의 인연경에는 오백 겁의 인연을 맺어야 현세에서 옷깃을 한 번 스치게 되고, 삼천 겁의 인연이어야 하룻밤을 함께 지내게 된다고 한다. 한집에서 살려면 칠천 겁의 인연이 있어야 하고, 부부의 연을 맺으려면 팔천 겁의 인연을 지어야 한다고 한다. 그런데 놀랍게도 나와 핸드폰 그 녀석은 칠천 겁이나 되는 인연으로 나와 한집에서 살고 있지 않은가. 더 놀라운 것은, 핸드폰은 넓고 깊은 삶의 바다 가운데에서 오직 한 사람을 찾아내 몇천 겁의 인연을 수시로 맺어준다는 사실이다.

핸드폰이 나를 부른다. 달리는 기차 소리에 정감어린 음률이 가미된 소리다. 기차 바퀴처럼 달리는 삶에 달달한 멜로디를 붙여, 굴러가는 삶의 달콤함을 표현한 듯싶다. 재미난 것은, 사람마다 제각기 얼굴이 다르듯 핸드폰 소리는 저마다 다르다는 점이다. 제 어미만 알아들을 수 있는 분신의 울음소리 같다. 나의 분신 핸드폰은 지금 나만이 들을 수 있는 은어로 어미인 나를 부르는 것이다.

핸드폰을 열자 세상은 0부터 9까지의 숫자로 연결된다. 삶의 오르막길과 내리막길처럼 전화번호는 오르기도 하고 내리기도 하며 순간순간 이어진다. 때로는 오르고 내리다 다시 올라오는 삶의 길처럼 꼬불꼬불하기만 하다. 9 다음의 0은 삶을 모두 비워내고 나면 또 다른 새로움의 인생이 다시 시작한다는 뜻일 듯도 싶다.

핸드폰의 '#' 부호를 유럽에서는 뒤죽박죽의 의미인 '해쉬 (Hash)'라고 부른다. 인생이 워낙 뒤죽박죽 섞인 것이기에 삶을 지어가는 휴대폰에도 그 모습이 재현되고 있는지도 모른다. 핸드폰이 있는 한 번호들은 존재할 것이고, 그것들은 순간마다 새로운 의미로 창조될 것이다.

세상을 들고 다닌다. 자동차 안에서도, 식탁 위에서도 사각형의 세상은 살아 숨 쉬고 있다. 혹시 세상이 깨지고 부서져 사라질까 봐 하루 종일 핸드폰을 조심스레 운반한다. 언제나 습관처럼 세상을 품어서인가, 핸드폰을 잊고 길을 나섰다가도 다시 돌아와 그것을 챙겨간다. 세상과 하나인 내가, 그것이 사라지면 발붙일 곳이 없어 존재조차 무의미해지는 것으로 생각하기 때문이다.

그런데 한 가지 두려운 것이 있다. 나의 모두를 핸드폰에 의지했다가 그것이 사라지는 그 어느 날, 갑자기 치매 걸린 사람모양 아무것도 기억 못 하고 무능한 바보로 전락되는 것은 아닐까 하는 염려이다.

라면

라면 생각이 난다. 매콤한 맛이 혀끝에서 맴돈다. 어제저
녁에 먹었는데 오늘 또 먹고 싶어진다. 기름기 없이 칼칼하고
화끈한 맛이 가슴에 맺힌 응어리들을 풀어줄 듯싶다. 양은 냄
비에 물을 팔팔 끓여 힘든 마음처럼 마구 엉킨 라면을 보글보
글 끓여내면 삶의 뜨거움이 하얀 김으로 승화되며 부글거리
는 가슴이 진정될 것 같다.

아침에 일어나니 텍스트 메일이 몇 개 와 있었다. 오븐이
고장나 요리가 힘들다는 세입자의 불평과 뒷문의 힌지가 맞
지 않아 어렵게 문을 잠근 후 출근한다는 다른 임차인의 투정
이 담겨 있다. 이어서 다음 달에는 새 곳으로 세를 옮겨야겠
다는 또 다른 입주자의 메시지가 딱딱하게 경고되어 있었다.

잠시 후 걸려온 전화에는 오늘 계획된 파이프 수리를 연결
부품이 없어서 할 수가 없기에 다른 현장에서 일해야 한다는
믿기지 않는 이야기다. 수술한 다리는 저려 오는데 짧은 사이
에 너무 많은 일이 예기치 않게 벌어진다. 이열치열이라고 했
던가. 부글부글 끓어오르는 심사에는 화끈하게 끓여낸 라면
이 제격일 것이라는 생각이 문득 들었다.

언뜻 보면 라면은 뇌를 닮았다. 뇌 사진 속의 주름진 뇌세포들의 합성 같다. 그래서인가, 꼬불꼬불한 라면은 쭈글쭈글한 뇌세포들로 이루어진 대뇌 같은 역할을 하는 것 같다. 뜨겁고 화끈한 라면을 먹어 배가 가득 차면 대뇌의 전두엽이 그랬듯 황홀한 포만감으로 채워지며 시상하부의 작용처럼 온 영혼이 행복해진다.

라면의 면발은 곱슬머리 같다. 성경 속의 삼손과 데릴라 중, 삼손의 머리카락은 곱슬머리인 게 틀림없다. 곱슬거리는 라면을 먹으면 온갖 시름이 사라지고 천하를 흔들 듯한 삼손 같은 에너지가 불끈 솟기 때문이다. 머리칼이 잘렸을 때 기운을 못 쓰다 머리카락이 다시 자라면서 힘을 쓰게 된 삼손처럼, 기력이 없다가도 곱슬머리 모양의 라면을 먹으면 에너지가 솟아 나온다.

라면의 면발은 왜 꼬부라져 있을까. 삶이 직선같이 쉽게 펼쳐지지 않듯 라면에는 꼬이고 꼬인 인생이 담겨 있기 때문이리라. 삶이 국숫발처럼 앞만 보는 직선으로 간다면 일탈이 있어야만 변화되지만 꼬부라진 곡선은 옆과 뒤를 항상 볼 수 있기에 거기엔 부드러움과 유연성이 있다. 심장의 활동을 기록한 도면인 심전도에서 직선은 사람의 죽음을 의미하지만 살아 생동하는 심장은 꼬불꼬불한 곡선이다. 그렇게 보면 곡선을 유지하고 있는 라면은 생존해 있는 것이 분명하다. 가지런할 것 같지만 뒤죽박죽 엉켜 있는 세상 또한 펄펄하게 살아 숨 쉬는 곡선일 것이다. 얼크러지고 설크러지며 꾸불꾸불한 삶을 닮은 라면의 꼬부라진 정렬, 그것이 생동하는 인생일 듯 싶다.

라면의 면발은 사람과 사람 사이의 *끈끈한* 정처럼 얽히고 설킨 채 끊어지지 않고 이어져 있다. 세상 사이를 오가는 라면도 어쩌면 라면과 사람 사이를 그렇게 *끈끈하게* 잇고 있는지도 모른다. 수많은 면발이 연결되어 만들어진 라면은 한 개의 큰 뭉치로 되어있다. 힘없는 민초들이 똘똘 뭉쳐야 한목소리를 낼 수 있듯 여린 면발들은 한 몸이 되어야 어리고 저린 삶의 상처를 어루만질 수 있나 보다.

뜨겁게 라면을 끓인다. 끓는 물에 김치와 콩나물 그리고 면발을 넣고 끓어오르는 삶의 번뇌를 펄펄 달인다. 흰 기체들이 오르자 냄비 뚜껑에 면발을 덜어 긴 젓가락으로 라면을 휘저어 입에 넣는다. 지렛대 같은 젓가락으로 엉킨 면발을 정리해, 라면같이 엉키고 꼬인 세상을 내 식으로 바로잡는 것이다. 마구 흐트러진 세상을 나만의 빛깔로 갈무리해야만 상처받기 쉬운 영혼에 흡입시킬 수 있기 때문이다.

물결 모양의 라면발은 파도치는 삶 속의 물너울 같다. 삶의 오르막길과 내리막길인 양 라면 면발은 상승곡선과 하강곡선의 연속이다. 아스라이 이어진 커브의 연장들은 분위기 험한 오늘과 운 좋은 내일로 연결되어 되풀이될 삶의 언덕들이다. 가지런할 것 같지만 뒤죽박죽 엉켜 있는 라면발 같은 세상에서 후루룩 소리로 식도를 넘어가는 꼬부라진 면발들은 꼬이고 뒤틀어진 심사를 평정해 준다.

라면은 세상의 축소판이며 삶의 축쇄도이다. 라면에는 짜고 맵고 뜨거운 삶이 고스란히 배어있다. 꼬인 세상은 덥고 힘든 김을 만들며 후루룩후루룩 정신없이 몸과 영혼으로 들어선다. 라면발같이 엉키고 꼬인 세상이 안으로 마구 쏟아져 내리는 것이다. 한편으로는 혐오하면서도 한편으로는 짜고 맵고 뜨거운 것을 먹어야 기운이 솟는 것으로 보아 나는 어느새 그것에 지독한 중독이 되었나 보다. 이상한 것은 구부러진 라면을 먹으면 꼬여버린 세상과 하나가 되어선지, 아니면 라면발 같은 융통성이 생겨서인지 왠지 살맛이 난다.

　　라면발같이 곱슬머리인 나, 빠닥거리는 봉지를 만지며 생각에 잠긴다. 소박하게 몸을 낮춘 라면처럼 세상이 필요로 할 때 허기진 영혼들을 따뜻이 채워줄 수 있을까. 새침하고 칼칼하게 화끈한 자극으로, 친구 같은 연인으로 동반자가 되어 아픈 삶의 시름을 담아주는 그것. 울적한 날이나 외로울 때면 감칠맛 나는 그 식감으로 지독한 세상을 잠시 잊게 해 줄 라면 같은 사람이 될 수 있을까.

　　아, 라면을 다시 뜨겁게 끓여야 될 것 같다. 이미 혼을 뺏겨 지독한 중독이 되어버린 나는 어쩌면 맵고 짜고 뜨거운 삶과 매일매일 격렬한 싸움을 벌이고 있는지도 모르겠다.

낡은 둥지에 작은 어미새

싸한 바람이 어깨를 스치면 작은 잎새들이 바람결에 하나 둘 떨어져 흩어진다. 태어난 생명체는 다시 흙으로 돌아가야 한다는 애잔한 숙명을 굳이 헤아리지 않아도 싸한 바람과 함께 왠지 알 수 없는 슬픔이 몰려온다.

이번 가을, 나는 하나뿐인 아들을 대학으로 떠나보낼 준비를 해야 했다. 12학년의 바쁘고 숨 가쁜 대학입학 준비가 끝나면 아들은 화려한 연극 끝에 사라지는 관객같이 나를 떠나가리라.

어느 날 나는 아들에게 제의했다. 입학할 대학을 가장 효과적으로 결정하는 방법은 남편과 나와 아들이 원하는 대학을 둘씩 정해 신청하자는 것이다. 물론 미국식대로라면 법적으로 성인인 아들의 자유의사가 대부분을 결정하고 부모는 아들의 선택을 존중하며 그가 필요하거나 원하는 것에 도움을 주는 것이다.

그날 발견한 것은 아들이 원하는 대학은 거의 추운 동부나 먼 중부이고 내가 원하는 대학은 집 근처인 LA나 아주 가까운 캘리포니아 인근이었다. 아들의 환심을 사기 위한 동부의 두 학교, 따뜻한 날씨를 이유로 캘리포니아에 두 학교, 아들과 나의 중간 지점이라 하여 중부의 두 학교에 입학원서 넣는 것을 제안했다.

아들은 그날따라 어미의 말을 잘 들어 입학원서를 그렇게 제출했다. 서서히 입학 결과를 발표할 날이 다가오자 편지함을 열 때마다 나는 아들이 서부의 학교에 불합격됐을까 봐 걱정, 아들은 동부의 학교가 떨어졌을까 긴장하여 둘은 우체부 차가 지날 시간이면 온 신경을 곤두세웠다. 그런데 학교 성적을 그런대로 꾸려왔던 아들 덕인지 원서를 넣은 웬만한 곳에서는 합격 통지를 보내왔다.

마지막 통지서를 받은 날, 아들은 컴퓨터 전쟁게임에 몰입한 채 대학 문제는 남편이 저녁에 오면 결정하겠다고 했다. 날이 어두워지자 남편이 돌아왔다. 나는 남편 힘을 배경으로 아들에게 제법 논리적으로 캘리포니아 기후부터 시작해 장학금을 받는 경제적인 이점까지 또박또박 설명하기 시작했다. 이런저런 이유로 LA의 집 근처가 최고라는 것을 강조하기 위해서다.

그러나 아들의 반응은 시큰둥했고 시간이 갈수록 아들 옆의 나는 점점 작고 초라해졌다. 드디어 나의 목멘 소리는 집에서 멀어지면 엄마 아빠가 자주 찾아가 볼 수 없어 아들을 주변 가까운 곳에서 지켜보고 싶다는 간절한 부탁으로 변해가고 있었다. 그러자 아들은 나의 존재와 사랑이 무척이나 거추장스러운 듯 단호히 잘라 말했다. 바로 자신의 옆에 내가 언제나 머무르기를 원하기에 멀리 가고 싶다는 것이다.

어느덧 나의 슬픈 영혼은 목이 메는 섭섭함에서 강한 배신감으로 파르르 떨며 말을 잃었다. 순간, 28년 전 한국을 떠나올 때의 나를 기억해 냈다.

중요한 것을 칠칠맞게 잘 흘려 자주 잃어버리는 나를 어머니는 영사관의 복잡한 서류며 여러 가지를 꼼꼼히 챙겨주었다. 그러나 막상 떠날 즈음이 되자 어머니는 헤어짐의 아픔 때문인지 끼니도 거르시고 잠도 못 이루는 듯했다. 마지막 떠나는 날, 슬픔같이 커진 비행기의 요란한 소리 속에 어머니는 목이 메어 잘 가라는 말도 제대로 하지 못했다.

이별의 슬픔에 눈물 흘리는 지금의 나 같았던 어머니. 철부지였던 나는 늙고 주름진 어머니의 눈물은 언제나 쉽게 흐른다고 생각했다. 새로운 세계를 향하던 푸른 환상과 무지갯빛 미래가 사랑하는 어머니의 마음을 안 보이게 했던 것이다. 그때의 나와 지금의 아들이 무엇이 다르단 말인가.

고국을 떠나 내게는 비쌌던 그때의 전화비로 집에 전화라도 할라치면 어머니는 무엇을 먹고 사느냐고 묻곤 하셨다. 그때마다 철없는 나는 이곳에는 크고 탐스러운 빵도 많고 윤기도는 흰 쌀도 한국 타운에 많은데 어머니는 매번 쓸데없이 똑같은 질문을 한다고 생각했다. 그 후 정식 간호사 시험 준비를 한답시고 전혀 일을 못 해 돈도 바닥나고 밥 지을 쌀 한 톨조차 없을 때 비로소 나는 왜 어머니가 "무얼 먹고 사느냐"고 묻던 화두를 깨달을 수 있었다. 어머니는 쉬지 않고 흔드는 허밍버드 새의 날개같이 부산하기만 하고 대책 없는 내가 밥을 굶을까 봐 걱정하신 것이었다.

아, 28년 전의 나와 지금의 나의 아들.

세월은 정처 없이 도는 바람 속의 수레바퀴던가.

두 딸 뒤에 낳은 아들이 케빈 코스트너를 닮았다고 만나는 사람마다 큰소리로 자랑하던 일이며, 탐스러운 고깔모자의 아들이 앙증맞은 손으로 돌상에서 책을 잡자 모두가 행복했던 순간들이 아른거린다. 유치원 크리스마스 파티에서 빨간 옷의 선생님이 북극에서 온 산타인 줄 알고 들었던 컵을 놓던 어린 아들. 선물로 받은 고스트 버스트 장난감을 등에 멘 채 심한 독감에 탈진되어 쓰러졌던 아들, 작년 가을 멋진 양복을 사 입히며 장가갈 나이가 되었다고 남편과 행복했던 순간들이 영화 필름들처럼 빠르게 스쳐 갔다. 그 세월이 어제 같았는데…. 아, 어느새 아들이 혁명을 일으켜 독립선언을 할 나이가 되었단 말인가.

세월의 연륜 속에서 어미를 성장시켜 주고 삶에 축복을 준 아들아, 멀리 아주 높은 하늘까지 나의 사랑만큼이나 크게 올라라.

독수리 같은 강인함과 대지를 흔드는 지구력으로 세상이라는 하늘을 힘차게 비상하여라.

그러나 잊지 말아야 할 것은, 해지는 어느 저녁 문득 옛 둥지가 그리워질 때면 낡고 빛바랜 어미 둥지가 언제나 기다리고 있음이다.

　지친 깃을 살포시 접고 잠시 쉬었다 갈 수 있는, 낡았지만 따뜻한 어미 둥지는 항상 열려 있음이다.

　　　　　　　　—세상에서 제일 사랑하는 나의 아들에게

　아들이 떠나는 날 아마도 나는 자랑스러운 눈물로 그를 배웅할 것이다.

냉장고

새 냉장고 앞에 선다. 스테인리스 문이 유난히 반짝이는데도, 옛 흰빛 냉장고보다 부엌을 어둡게 하는 듯하다. 새 냉장고는 사람 숨소리 같은 모터소리를 낮게 지속하다 얼음을 만들 때면 키 크는 꿈에서 갑자기 깬 듯 딸그락딸그락 소리를 더한다. 게다가 밤중에 조명 버튼이라도 누를라치면 뻑뻑 소리를 내며 눈을 감았다 뜨듯 살아 있는 기척을 한다.

어느 날 아침, 헌 냉장고의 가슴앓이인 듯한 하얀 성에와 싸늘한 물 분자의 죽음 같은 얼음들이 냉장실에 두껍게 매달려 있었다. 긴 고드름으로 칸마다 이어진 얼음은 추운 겨울 추위에 발이 묶여 얼음기둥으로 변한 폭포수 같았다. 매일 문을 열고 닫으며 분신같이 동고동락한 나는 냉장고의 통증을 전혀 눈치채지 못했다. 아마 냉장고는 마음고생과 말 못 할 고뇌가 많았나 보다. 해결 못 한 문제들이 가슴에 흰 안개같이 차오르다 끝내는 마음까지 얼게 한 듯싶다. 모든 것을 주관하는 냉장고가 얼자 냉장실 음식들도 얼음 옷을 입은 채 긴장 속에 몸을 떠는 듯했다.

나는 우선 알래스카의 빙하같이 차가워진 얼음을 고기 다지는 망치로 마구 깨어냈다. 얼음이 냉장고의 아픔처럼 비명을 지르며 쪼개져 나갔다. 그리고 그것은 흐르는 눈물처럼 부엌 바닥을 흥건히 적셨다. 거의 깨져 고민의 결정체들이 사라졌다고 생각됐을 때 냉장고는 미열을 내기 시작했다.

그리고 더 이상 타협하기 싫은 심장의 모터 때문인지 그 큰 몸을 달구며 고열로 변했다. 말 못 할 냉장고의 가슴속 응어리는 무엇이었을까.

생각 끝에 냉장고 수리공을 불렀다. 수리공은 파란 열 빛으로 능란하게 얼음을 녹여내고 메스로 살을 도려내듯 연결된 벽을 매끄럽게 분리했다.

아버지같이 체격이 커 언제나 의지가 됐던 냉장고는 몸이 불편해서인가 덩치에 비해 야물지 못했다. 작은 수리공에 의해 정맥과 동맥 같은 붉고 푸른 전열선들이 꺼내졌고 닫혀있던 심장과 내장들이 그 실체를 드러냈기 때문이다.

한참 동안 두꺼운 안경을 쓴 채 몸 안을 검사하듯 유심히 살피던 수리공이 무겁게 입을 열었다.

"심장 같은 모터가 힘이 다했습니다."

그랬다. 냉장고는 잠시 심장이 마비되었던 듯싶다. 예사롭지 않게 큰소리로 그르렁대는 것을 무시했으니 냉장고의 통증은 얼마나 심했을까. 수많은 냉장고 중에 특별히 내게 인연 닿은 냉장고가 폐기 처분된다고 생각하자 슬퍼진다. 나의 삶을 이으려 죽은 생명을 산목숨같이 싱싱하게 보존시키며 자신의 숨이 다하도록 몸을 내주던 녀석이 아닌가. 새집에 처음

들어와 쌓인 정이 얼음에 녹은 물방울처럼 뚝뚝 떨어진다.

생각해 보건대 밀폐된 헌 냉장고는 거친 바깥세상을 차단시켜 어머니 품 안 같은 아늑함으로 모든 것을 감쌌다. 그래서인가, 바깥세상의 네 계절까지 작은 품 안에 그대로 간직했다. 빨간 봄 딸기며 커다란 여름 수박 그리고 정물 같은 가을 감과 싱싱한 겨울 사과가 잠자고 있었다. 동정심 많은 냉장고는 삶에서 버림받을 자연의 열매를 잠시라도 마음 나누며 보호한 임시 열매 탁아소였다.

지난여름 마켓 안에는 바닷물고기들이 아가미를 늘인 채 줄지어 진열돼 있었다. 소라, 게, 해삼 그리고 멍게 등, 마치 푸른 파도의 남해 바다가 물이 빠진 채 시장으로 옮겨온 듯했다. 화장을 하거나 장례를 치르지 못한 죽은 생선 중 마켓을 통해 옮겨온 곳은 우리 집 냉장고였다. 바다에서 항상 깨어 있던 생선의 혼같이 언제나 맑은 영혼이기를 바란 나는, 냉장고에 그 시신을 보관했다. 냉장고의 생선은 바다를 만나기 전의 강물 같았다. 혈관 같은 강물이 세상을 흐르고 흘러 바다와 하나 되듯 생선도 나의 몸을 돌고 돌아 몸과 하나를 이룬다. 활기찬 지느러미를 흔들며 바다에서 살았을 생선보다 더 날찬 삶을 사회라는 바다에서 살 수 있도록 내 몸의 일부를 채워줄 생선이 머무는 냉장고. 그것은 바다를 만나기 전 강이 안주하는 곳이다.

어찌 보면 냉장고는 멋진 연출가였음이 틀림없다. 초원의 풀을 뜯으며 한평생 사람을 위해 몸을 바친 눈물겨운 소의 사랑을 살과 피 그리고 그 젖까지 보존해 보시의 삶을 아름답게 승화시켜 표현해 주었기 때문이다. 뿐만 아니라 냉장고는 위대한 마술사였다. 물을 얼음으로 만들고 언 물건을 녹이는 마술을 할 뿐 아니라 부패 시간을 잠시 정지시키는 요술을 부린 까닭이다. 게다가 흰빛 냉장고는 환상의 케이크를 사랑의 따뜻함으로 가슴에 머금었다 상기된 마음을 그대로 전해 주던 우리 집 행사의 도우미였다.

옛 냉장고는 십오 년 동안이나 면벽을 보며 묵언 수행을 했던지 큰 몸을 내민 채 말없이 한자리를 지켰다. 사각형의 냉장고는 부엌 한구석에서 가부좌를 틀고 앉아 자기 가슴의 온갖 것들이 들어오고 나감에 *방하착(放下着)을 하는지 그것에 연연하지 않고 또 매이지도 않았다. 흰옷을 입고 *행주좌와 어묵동정(行住坐臥 語默動靜)의 선정 삼매에 든 냉장고는 비와 그늘과 해의 자연을 그대로 담았다. 깊은 산그늘에서 비밀스레 세월을 익힌 고사리와 넓은 들판의 풍성한 여유가 몸을 이룬 호박 같은 천연이 언제나 그 안에서 숨 쉬고 있었다.

헌 냉장고가 병이 나자 나는 노아가 방주로 생명체를 옮기듯 음식들을 그릇 배에 차례로 실었다. 오 년 전 이모가 남기고 간 한국 고춧가루며 이 년 전 된장찌개에 넣었을 마른 멸치들, 존재조차 잊었던 물건들이 잊혀진 기억처럼 구석구석에서 손짓했다. 추억에 싸인 물건들을 꺼내다 보니 큰 자루를 채우고도 남을 만큼 많았다. 새로움은 비어야 채워지는 것인데 숨쉬기조차 힘들게 포개진 채 부대꼈으니 녀석은 얼마나 힘이 들었을까. 무던한 냉장고는 잡다한 것을 채우거나 텅 비워 놓아도 노여움 없이 속내를 드러내지 않았다. 언제 한번 냉장고의 고통과 마주 앉아 본 일이 있었던가. 과함이 모자람보다 못한 것을 몰랐던 나는 채우기 위해 얼마나 안간힘을 썼을까. 하루 종일 여닫는 냉장고 문같이 정신없이 바쁘게 살다 텅 빈 냉장고처럼 삶이 공허해지면 잃어버린 욕망으로 끝없이 채우려 했던 나였다.

내 숨결 소리를 닮은 냉장고 앞에 선다. 텅 빈 침묵 속에 나는 어느덧 냉장고가 되어진다. '나라고 하는 냉장고는 자신을 지운 냉장고처럼 소리 없이 베풀고 인연 따라 넣어지는 세상 모두를 분별없이 품을 수 있을까?'

문득 한 생각이 얼음되어 떨어진다.

* 방하착(放下着): 마음을 버리고 내려놓음.
* 행주좌와(行住座臥): 움직이거나 머무르거나 앉거나 눕는 순간.
* 어묵동정(語默動停): 말하거나 침묵하거나 움직이거나 움직이지 않는 동안.

숟가락과 젓가락

작은 우주를 퍼 나른다. 자궁같이 생긴 둥우리는 그 작은 우주를 퍼 나르기에 마침맞다. 조그만 우주들이 몸에 들자 새롭게 열리는 또 다른 코스모스들.

병으로 시들시들하던 어린 시절, 죽을 입에 떠넣어 주던 어머니의 간절한 정성은 조그만 숟가락에 얹혀 있었다. 어머니의 사랑을 가득 실은 숟가락은 여린 나를 지키느라 얼마나 고달팠을까. 어찌 보면 그것은 긴 자루로 이어져 영양을 공급하며 생명을 이어주는 탯줄 같기도 했다. 공기 중 산소같이 내 삶 내내 무관심이었던 숟가락이었지만, 떼려야 뗄 수 없는 나의 한 부분으로 나와 함께 삶의 역사를 써 내려갔다.

숟가락을 가만히 들여다보면, 거기서는 참한 안주인 소리가 난다. 우묵하게 들어갔나 하면 둥그렇고, 온순한 얼굴에 편한 자루가 달려있어 쓰임에 따라 순종하는 종갓집 며느리 같다고나 할까. 자신을 비우고 정성을 다해 밥과 국을 나르며 식솔들의 생명줄을 잇는 것을 생각하면, 궂을 때나 좋을 때를 함께하는 조강지처 같기도 하다.

숟가락 옆에 놓인 젓가락은 어떤가. 집안의 바깥주인을 꼭 닮은 젓가락, 두 다리 같은 젓가락은 부지런히 밖의 반찬을 안으로 거둬들이며 나름대로의 살림살이를 꾸려갔다. 바깥주인의 하루 벌이가 왕성해야 집안이 번성하는 것이 아닌가. 고정된 한쪽 젓가락에 맞춰 움직이는 다른 한편의 젓가락은 마치 식솔들의 요구에 맞춰 자신을 변모시켜 가는 아버지를 닮았다.

그에 반해 숟가락은, 밥이라는 주식을 담당해서인지 생명줄과 이어져 있었다. 예전부터 밥숟가락을 잡을 수 있다는 것은 아직 목숨이 살아있음을 의미했고, 그것을 들 수 없음은 생명이 다하였다는 뜻이었다.

한편으로, 나뭇가지에서 태어난 젓가락은 몸에 천부적인 가락을 타고났나 보다. 명상에 잠긴 장구의 어깨를 젓가락으로 덩더쿵 두드려 신명을 얹으면, 그것은 흥겨움에 취해 덩실덩실 춤을 추어대기 때문이다. 젓가락의 가락은 푸른 산도 오르고 실 강도 건너 붉은 하늘을 오르는가 싶더니, 슬프기도 기쁘기도 하던 삶을 장단 맞춰 노래하기 시작한다. 인생의 희로애락이 담긴 노랫가락에 맛깔난 젓가락 장단이 맞춰지면, 그것은 삶이 그렇듯 그냥 그대로 아름다워진다.

언제부터인가 숟가락은 사람의 머릿수로 간주되더니, 더해진 숟가락 숫자는 어느새 협동의 의미를 갖게 되었다. 그러기에 밥 한 숟갈씩을 모아 열 숟가락이 되면 그것이 밥 한 그릇을 만든다는 '십시일반'이라는 말도 생겨나지 않았던가. 그런가 하면 밥그릇 싸움은 종종 왁자한 숟가락 싸움으로도 변했는데, 그것은 밥그릇 하나로 나눌 숟가락 수가 많아지며 생존의 다툼으로 전이되었기 때문이다.

젓가락은 밥상 위에서 가위처럼 긴 찬을 자르기도 하고, 서로 다른 반찬을 하나로 모으는가 하면 또 나누기도 한다. 식탁 위를 엿장수 가위처럼 마음대로 쥐락펴락하는 젓가락은 밥상 위에 수장이라 할 수 있지 않을까. 그래서인가, 올곧게 뻗은 젓가락은 가로등처럼 밥상 위의 예절을 밝혀주고 든든하게 지켜주는 것 같다.

세상과 끈끈하게 연결된 숟가락은 자본주의의 계층을 구별 짓는 '수저론'까지 펼쳐냈다. '금수저' '은수저' '동수저' '흙수저'로 숟가락의 재료에 따라 그 가치를 구분하듯, 세상 사람들의 신분도 계급으로 나뉘어 구별된다는 것이다. 하지만 숟가락 자체가 세상에 존재할 수 있다는 것이 축복이고, 고유한 그것마다 제각기 나름대로의 아름다움을 지니고 태어나는 것은 아닐까.

생각해 보면 어릴 때부터 배운 젓가락질은 숨겨진 손가락의 근육들을 매번 쓰게 하여 손과 두뇌와 그 연결된 몸의 재주를 기능적으로 키워주었을 듯싶다. 그래서일까 젓가락을 오래전부터 써온 우리 민족은, 자랑스러운 한류 문화를 세계의 방방곡곡에 펼쳐가고 있는 것은 아닐까.

밥상을 들여다보면 모두가 보름달같이 둥글다. 밥그릇에서 국그릇, 반찬 그릇과 장을 담은 종지까지 둥글지 않은 것이 없다. 하지만 동그라미의 숟가락 옆에 유일하게 가로지른 일

직선의 젓가락, 많은 원들 사이에 유일하게 직선으로 개입한 그것은 단순한 파격의 미(美)를 넘어 '젓가락의 미학'을 창조해 내고 있다.

예부터 숟가락과 젓가락은 찰떡궁합의 일심동체로 하여 부부, 곧 숟가락은 신부로, 젓가락은 신랑으로 상징되었다. 조선 시대에는 아이가 첫돌을 맞으면 밥그릇과 수저 한 벌을 마련해 주었는데, 이것은 삶의 시작을 의미했다고 한다. 그런가 하면, 죽음을 맞이한 나의 어머니가 저승으로 떠나실 때 수저 한 벌을 챙겨가신 걸로 미루어 수저는 삶의 시작과 끝을 같이 하는 생의 동반자라고도 할 수 있겠다.

바늘과 실 같은 숟가락과 젓가락. 수저는 사람의 머릿수를 의미했는가 하면 생존 갈등의 원인도 되었고, 한편으로 세간 사람들의 신분을 차별 지었는가 하면 삶의 희로애락도 같이 겪으며 생과 죽음까지 동행했다.

수저의 삶을 돌아보면 생로병사를 겪어낸 나의 인생과 크게 다르지 않은 것 같다. 오히려 그것은 나보다 더 묵묵히 자신의 삶을 있는 그대로 받아들이며 승화시키지 않았을까.

짜고 맵고 달고 신 삶의 맛을 직접 혀로 맛보게 하는 숟가락과 젓가락은 하늘의 비와 바람과 해가 맺은 열매들을 내게 옮겨다 주지만 정작 자신은 아무것도 취하지 않는 무소유를 주장한다. 이승에서 평생 나를 먹여 살리며 생로병사를 같이 하다 끝내는 저승까지 먹여 살리려 품고 가는 수저가 아니던가.

태평양을 건너와 이역만리 타국에서 생을 영위해 가고 있지만, 신토불이 한국 토종인 나는 때마다 포크와 나이프 대신 숟가락과 젓가락을 사용해 밥을 먹는다. 고유의 밥상에서 섬세한 수저로 식사를 한다는 것은 얼마나 풍요롭고 우아한 삶을 누리는 은혜로움일까. 아무리 생각해 보아도 나는 자랑스러운 한국인임에 틀림이 없다 싶다.

커피에
반하다

밥통

밥통 한쪽 손잡이에 나사가 빠졌다. 올릴 때나 내릴 때 쓰던 밥통의 양 어깨 같은 손잡이는 밥솥의 나이같이 십오 년이 넘은 듯싶다. 손잡이 한쪽이 부실한 밥솥, 요즘 그의 몸이 편치 않다. 밥을 지으려고 쌀을 솥 안에 넣고 밥솥을 들면 몸 전체가 한쪽 손잡이 쪽으로 기울어 전체의 균형이 깨진다. 밥통은 어깨부터 팔 전체가 불편한 오십견이라도 걸린 듯하다.

제 나사를 찾지 못해 크기가 조금 다른 나사못을 그곳에 박아 넣었다. 그런데 나사못은 밥통과 주변 환경에 도무지 적응되지 않나 보다. 불만이라도 있는 듯 종종 손잡이에서 빠져나와 부엌 바닥에 나뒹굴곤 하는데 멀쩡한 밥통을 버리기 뭣해 다시 나사못을 달래듯 그 자리에 밀어 넣었다.

밥솥에 현미 쌀과 현미 찹쌀, 야생 찹쌀과 발아미를 섞어 안친다. 그리고 누런 메주콩과 검정콩, 붉은 강낭콩과 완두콩을 시루떡 고물같이 섞어 얹고 물을 붓는다. 그런 다음 밥이 촉촉해지도록 씨를 뺀 대추를 잘게 썰어 맨 위에 덮는다. 두꺼운 철통 밥솥은 나름대로의 기적소리를 내며 육중한 압력이 만든 흰 김을 뽑아 올린다. 그것은 밥 익는 순간을 향해 특정 시간에 도착할 증기 기관차같이 쉬지 않고 달린다. 기적 소리가 끊어지자 콩 익는 구수한 냄새와 허증을 달래주는 밥 냄새가 남편의 푸근한 마음같이 부엌 전체에 퍼진다.

남편은 마취 의사이다. 그의 일터는 수술실과 회복실이다. 온몸에 죽음이 덮친 듯 전신의 감각이 사라졌다 다시 살아나며 삶으로 돌아오게 하는 마취, 압력밥솥의 계산된 타이머같이 세밀한 남편의 손놀림은 바이올린 연주에서 거친 현 소리가 곱게 바뀌듯, 울혈된 환자의 통증을 무통의 편안함으로 전환시켜 준다. 마취가 시작되면 현악기의 가는 현같이 예민한 남편의 관자놀이 혈관이 팽팽한 긴장으로 파르르 떨린다. 날카로운 신경전 속에서 그만의 외로운 외줄 타기가 시작되는 것이다. 누구도 대신 짊어질 수 없는 자신만의 고독한 책임, 그는 매 순간 그것을 말없이 수행해 나갔다. 남편은 죽음과 삶 사이에서 밥솥이 밥을 지어내듯 때로는 급하게 때로는 세밀하게 확인하며 거친 위기를 헤쳐나갔다. 신으로부터 잠시 위탁받은 기술이지만 환자 심장에 연결된 모니터가 더 이상 그래프를 그리지 않는다면 환자는 삶의 끈을 놓치고 말 것이기에 그는 심각한 갈림길에서 안간힘을 다했다. 하루에도 몇 번씩이나 오가는, 환자의 삶과 죽음의 위기는 남편의 가슴에 힘겹고도 거센 파도로 몰아쳤을 것이다.

어느 날 무심히, 잠든 남편의 다리에서 푸른색 혈관과 붉은 혈맥이 이상한 사다리 모양으로 연결된 채 여기저기에 퍼져있는 것을 발견했다. 혈류가 정체되며 불거진 혈관의 정맥류들이다. 울퉁불퉁한 그의 하루 스케줄 같은 정맥류는 멍들고 고달픈 그의 삶을 상세히 말해주는 듯했다. 비몽사몽간에 전화를 받고 새벽 몇 시인가 병원으로 나서면 그 다음 날까지 이어지는 수많은 환자. 고된 하루 속에서 팽팽하게 외줄을 타느라 정신없이 바쁜 남편의 모습을 긴 정맥류는 온 다리에 그려 놓고 있었다. 밥솥의 압력을 1.2배 이상으로 만들기 위해 밥통 위의 압력추가 최대의 힘으로 그것을 누르듯, 남편의 지친 다리는 온 집안을 지탱하느라 그리도 힘이 들었나 보다. 고된 세월을 이겨내느라 압력추의 밑바닥이 찌들고 파열되듯, 그의 다리는 이제 낡고 피로에 지쳐 조금씩 무너져가고 있음에 틀림이 없었다.

일정한 압력 이상이면 증기가 배출되어 안전을 유지해 주기도 하는 압력추 같던 남편은 그 긴 세월을 버티느라 얼마나 힘들었을까. 몇 가지 쌀 위에 색색의 콩을 얹고 '편한 가정'이라는 밥을 짓기 위해 치솟는 김을 온몸으로 감당하며 뜨거운 열을 견뎌낸 그는 밥이 되는 순간을 숨 졸이며 기다렸을 것이다.

밥통에 붙은 전기 코드처럼 그는 세상 에너지를 가져다 온 가족을 위해 한평생 밥을 지어냈다. 그가 만든 찰진 밥은 가족의 원기를 만들었고 내 분신들이 쉽게 세상을 내디딜 수 있는 신선한 에너지를 공급했다. 어쩌면 그는 집과 세상의 에너지를 잇는 착한 메신저였는지도 모르겠다.

세월이 지나 성장한 아이들이 집을 떠날 즈음이 되자 그의 머리 가운데에는 커다란 구멍이 생겨났다. 아이들과의 이별의 슬픔이 가슴속에 균열을 만들자 세밀한 신경세포로 연결된 머리칼들이 하나씩 그 자리를 비웠기 때문이리라. 밥통에서 뿜어지는 하얀 김의 물 분자같이 그의 머리칼 하나 마다에 담긴 아이들의 사랑이 얼마나 컸기에 그 머리칼들이 그렇게 한꺼번에 뭉텅 빠져나간 것일까. 여름 숲같이 울창하고 싱싱했던 머리칼들이 아이들의 성장과 함께 어느새 가을을 맞은 낙엽처럼 마구 떨어진다. 자세히 보면 그의 머릿속은 뜸이 들자 열린 밥솥 안같이 머리 한가운데가 뻥 뚫렸다. 이상한 것은 육십 년 이상 버틴 머리칼들이 모두 쓰러져 머리 가운데가 불모지가 되었는데도 그것이 하나도 초라해 보이지 않는다는 것이다. 아마도 그곳은 온 평생 가족을 위해 쏟아부은 그의 사랑이 모나지 않고 둥글게 아직도 출렁대며 반짝이고 있기 때문인가 보다.

이제 남루하게 벗겨져 가는 낡은 밥통같이 남편의 몸도 변화되기 시작했다. 더해지는 나이와 비례해 그의 온몸 근육이 시들어지자 그의 키는 후줄근히 작아졌고 젊음의 자존심이던 어깨의 각도 무뎌졌다. 밥통의 양 날개 같은 손잡이가 힘을 잃듯이 어깨 근육이 쭈그러지며 왜소해진 것이다. 어느덧 그는 노년기로 접어든 초라한 야산같이 낮아진 채 거듭되는 수술실의 스크럽으로 윤기 잃은 손은 측은하게 주름져 세월의 아쉬움에 울먹이는 듯했다.

게다가 세월 속에 늘어난 솥바닥 상처 위에 여러 잡곡의 색소가 침체돼 갈색이 된 밥솥 바닥처럼 그의 얼굴은 변색되고 찌들어갔다. 남편의 얼굴은 돌이킬 수 없이 변한 밥솥 바닥처럼 퇴색되고 쭈글쭈글한 주름으로 가득해진 것이다.

그런데 아이러니하게도 보기에 허술하고 보잘것없이 초라해진 남편의 가슴에서 고운 보석의 광채가 마구 퍼져 나오는 것이다. 그것은 그가 자신을 던지며 혼신을 다해 지어낸 행복한 가정이 그도 모르는 사이에 변할 수 없는 보석으로 승화되었기 때문인지도 모르겠다. 그의 겉모습이 초라하고 남루하면 할수록 보석은 더 특유의 빛을 발하며 그 아름다움을 화려하게 드러내고 있는 것이다.

변칙을 모르는 나의 남편은 오늘도 칠이 벗겨지고 낡아 바닥에 갈색 때가 낀 밥통에 소중한 밥을 짓고 있다.

귀뚜라미

어디선가 귀에 익은 소리가 들려온다. 어디서 나는 것일까. 숨죽이고 소리 들리는 쪽으로 신경을 모은다. 가만히 귀기울여 보니 냉장고 뒤편 어딘가가 진원지인 것 같다. 귀뚜라미가 둥지를 튼 게다. 밤이 짙어지자 녀석은 어두운 구석에서 슬피 운다.

"귀뚤귀뚤 ~링링… 귀뚤귀뚤~ 링링…"

귀뚜라미 소리는 타일 바닥과 벽에 부딪혀 메아리처럼 부엌 안을 쉬지 않고 맴돌고 있다. 울음을 멈추게 하려고 냉장고 문을 급히 열었다 닫아 보고, 시끄러운 음악을 틀거나 밝은 불빛을 갑자기 벽 뒤로 비춰도 보기도 한다. 하지만 요란을 떨어도 녀석은 끄떡도 하지 않는다. 오히려 확성기를 덧댄 듯 녀석의 소리는 더 크게 울려 퍼진다.

귀뚜라미는 양 날개를 비벼서 소리를 내는 곤충이라고 알려져 있다. 오른쪽 날개 안쪽의 굵은 줄 모양의 맥에 왼쪽 날개 바깥쪽의 마찰판을 비벼 바이올린을 켜듯 소리를 만든다. 그 가운데 교활한 녀석은 자신의 소리가 크게 퍼지도록 날개를 펼치며 치켜세워 소리를 크게 확산시키기도 한다.

놈은 왜 매일 밤 소리 공연을 펼치는 것일까. 잃어버린 짝을 찾기 위해서라면 굳이 아무도 없는 냉장고 뒤에 몸을 감추고 밤새도록 그리할 리는 없을 터, 분명 내가 알지 못할 무슨 사연이 있을 듯싶다.

가을이 깊어가자 지나간 한 해를 돌아보며 힘겹던 순간을 되새기면서 안타까운 한을 터뜨리는 것인가. 아니면 제한된 자신의 삶을 한탄하며 밤새도록 오열하는 것인가. 어쩌면 녀석은 낙엽 같은 자기 신세가 서글퍼 밤새도록 눈물짓는 것일 수도 있으리라. 속마음을 마음껏 표출 못 하고 밤잠을 설치며 삶을 고뇌하고 울어본 적이 없는 나와 비교하면, 녀석은 훨씬 자유롭고 깊이 있는 생을 살고 있는 것도 같다.

한편으로 귀뚜라미의 울음을 다르게 헤아려보니, 녀석은 무심한 나에게 삶의 가을이 곧 다가올 것을 알리며 촌음의 시간을 절제 있게 보내라는 경고를 보내고 있는지도 모르겠다.

"귀뚤귀뚤~ 링링… 귀뚤귀뚤~ 링링…."

밤마다 지속되는 녀석의 울음소리가 매일 매일 나의 영혼을 세뇌시키는가 싶더니, 어느 날부터인가 나는 조금씩 귀뚜라미로 변해가고 있었다. 그래서일까, 어쩐지 녀석과의 동류의식이 느껴진다.

땅 위에 사는 녀석은 갈색으로 나무에서 생존하는 놈은 녹색으로 변하는 귀뚜라미는, 주변의 빛과 온도에 따라 빛깔과 체온이 바뀐다고 한다. 그것은 아들에게는 당당한 어미로, 남편에게는 여린 삶의 동반자로 색깔을 바꾸며 상황에 따라 영혼의 온도까지도 변화시키는 내 처지와 닮은 구석이 많을 듯 싶다.

게다가 녀석이 실 모양의 두 더듬이로 주변을 살피듯, 나는 예민한 오감의 더듬이로 주위의 공기 흐름을 가늠하며 그것과 맞추며 살고 있지 않은가. 그런가 하면, 어둡고 침침한 것을 좋아하는 녀석처럼, 나도 햇빛 알레르기로 인해 집 안으로 들어오는 밝은 빛을 커튼으로 가리고 침침하게 살고 있는 것이 녀석과 닮았다.

가만히 들어 보면 귀뚜라미의 울음소리는 상황에 따라 변한다. 자신의 영역을 주장하며 싸울 때나 혹은 상대방을 유인할 때 그리고 먹이를 구할 때의 소리가 각기 다르다. 마찬가지로 내 영혼에서 나오는 소리도 귀뚜라미처럼 순간의 감정에 따라, 상황의 변화에 따라 변화무쌍하게 바뀌고 있지 않은가. 뿐만이 아니다. 밤샘을 즐기는 녀석처럼, 나도 어떤 일에 몰입하면 밤이 깊어질수록 잠자리에 쉽게 들지 못한다.

예부터 귀뚜라미는 아름다운 소리로 인기가 높고 애완용으로 여겨져서 정서곤충(情緒昆蟲) 중에 으뜸으로 꼽혀 왔다. 그러기에 프랑스의 조스깽 데프레는 귀뚜라미 소리를 창작적인 음악이라고 하기도 했다.

생각해 보면 녀석이 두 날개를 비벼서 고운 소리를 만들듯, 나도 순한 영혼의 실을 한 가닥씩 뽑아 가로 실과 세로 실을 고르게 엮어 수필이라는 한 편의 삶의 직물을 짜내고 있다. 또 귀뚜라미가 여러 종류의 음식을 먹는 잡식성이듯, 내 글의 글감 역시 무엇이라도 가능하다. 녀석이 날개를 비벼대어 나오는 소리로 사람들에게 사랑을 받듯, 나도 영혼의 실로 짜낸 고유의 수필로 가깝거나 먼 곳의 독자들에게 사랑받고 있지 않은가.

다시 가만히 귀를 기울여 본다. 녀석은 청청한 가을밤을 찬미하다 거기에 취한 나머지 낭만적인 글귀들을 한 줄 한 줄 적어 풍요로운 가을 수필로 표현하고 있는지도 모른다.

"귀뚤~ 귀뚤 링링… 귀뚤~ 귀뚤 링링…."

동네 우거진 풀밭에서, 나무 밑 낙엽 사이에서 써 내려가는 귀뚜라미의 수려한 문장들. 상처받기 쉬운 영혼처럼 쉽게 다칠 수 있는 녀석이기에 부드럽게 다루어야, 서정적이고 운치 있는 문장으로 곱고 특유한 수필을 지어 나갈 수 있으리라.

현실적인 계산을 앞세우느라 진지하게 삶을 사유하고 성찰하지 못하는 나, 언제 한 번 귀뚜라미 같은 순수한 열정으로 밤새워 인생을 고민하며 소리 내어 울어 본 날이 있을까. 싸해 가는 이 가을에는 세속적인 욕심과 쓸데없는 집착을 비우고, 순수한 열정으로 삶을 노래하는 지고지순한 한 마리의 귀뚜라미로 태어나는 꿈을 꾼다.

꽃

봄이 열리자 꽃들의 향연이 펼쳐진다. 몇 년 전 보랏빛 꽃비로 마당을 물들이던 자카란다가 쓰러진 후, 그곳에 작은 꽃밭을 만들었다. 한낮의 꽃밭은 봄을 실어 온 산들바람에 한껏 피어난 꽃들의 잔치로 야단법석이다. 표범이 엉킨 듯 진한 야성을 내뿜는 가제니안 꽃들이 요염한 자태를 뽐내는가 하면, 진분홍빛으로 치장한 쏟아질 듯 탐스러운 제라늄 역시 보라는 듯 외모를 과시하고 있다. 바야흐로 한낮의 앞마당은 화사한 꽃들의 잔치로, 봄의 걸작품은 창조되고 있었다.

부드러운 바람과 하얀 새털구름 위로 끓어오른 봄의 열정은, 꽃의 영혼마다 생명의 축복을 내렸나 보다. 꽃들은 살아 있음에 아름다운 세상을 바라볼 수 있는 것에 감사라도 하는 듯, 자연이 건네준 봄의 축복을 온몸으로 만끽하고 있었다. 게다가 한껏 달궈진 한낮의 더운 열정이 꽃밭에 더해지자, 그곳은 잔뜩 마신 봄기운으로 아련한 몽롱함으로 취해 가는 그것 같았다.

세상에는 어느 꽃도 똑같지 않다. 고운 꽃잎이며 초록빛 줄기며 싱그러운 향내까지 모두가 독특하고 고유하다. 그것은 고유의 유전자를 지니고 개성 있는 빛깔로 살아가는 사람의 모습과 닮지 않았을까.

꽃의 아름다움은 꽃이 지닌 유한성 때문이리라. 꽃의 싱그러운 향기와 고운 자태는 언젠가 사라질 한정적이기에 더욱 극대화되는 것 같다. 그것은 우리의 삶도 큰 눈으로 보면 제한된 순간에 불과하기에, 안타까운 아름다움으로 여운을 남기는 것과 같다.

고운 꽃이 우리의 생과 닮은 것은, 생명을 이어줄 태양과 물이 절대적이고, 일용할 양식이 흙에서 왔는가 하면, 살아있기에 견뎌야 할 혹독한 시련조차 같기 때문이다. 꽃이 그렇듯, 어떤 모습의 삶이라도 귀하지 않은 생이 어디 있을까.

저녁밥을 먹고 나면 나는 분주해진다. 갈증 난 꽃들을 시원한 물로 해갈시켜주고 꽃대의 시든 부분을 정리하는 한편, 꽃 하나하나를 전등불로 조심스레 살펴 주기 때문이다.

아침이면 예쁜 꽃잎마다 생겨나는 동그란 구멍들. 그것은 꽃잎이나 이파리에 둥근 구멍을 내며 꽃의 수명을 단축시키는 극성스러운 민달팽이들이 만든 것이다. 생각해 보면 작은 구멍을 만들며 꽃을 먹는 민달팽이라는 녀석들이 밉다. 하지만 그것은 나의 기준으로 세상 벌레를 해충과 익충으로 나누었을 뿐, 녀석들은 무죄가 아닌가. 놈에게 죄가 있다면 꽃을 사랑한 죄밖에 없을 듯싶다. 어쩌면 내가 분별 지은 익충과 해충들은 끈끈한 먹이사슬로 지구별에서 서로 엮여 삶을 이어가고 있는지도 모른다. 그리 보면 나의 이익을 위해 분별

지은 선과 악의 개념은, 자연의 눈으로 보면 원초적으로 존재하지 않을 듯도 싶다.

꽃에는 삶에서처럼 태어나서 늙고 병들어 죽는 생로병사가 숨 쉬고 있는가 하면, 생명체가 감지하는 희로애락의 감성도 깃들어 있는 것 같다. 내가 꽃을 보고 기쁨과 즐거움 그리고 애절함과 슬픔을 느낄 수 있는 것은, 꽃에 그 모든 것이 담겨 있기 때문이 아닐까.

그런가 하면 온갖 색이 춤추는 꽃밭에는 네 계절도 숨어 있는 것 같다. 꽃의 시초인 봉오리에 아련한 봄볕이 머문다면, 한낮 뜨거운 태양은 여름을 맞아 꽃봉오리의 옷을 화르르 벗겨 꽃이 피어나게 한다. 그런가 하면 퇴색하여 시든 꽃에는 어느새 서글픈 가을이 내려앉고, 낙화하여 흙에 잠든 꽃에는 생명체의 무상함을 설하는 겨울의 침묵이 머물고 있다.

꽃밭을 가꾸다 보면 꽃은 다음 날을 준비하는 연극배우 같다. 밤마다 물을 주고 시든 꽃을 잘라내며 전날 여러 준비작업을 끝낸 다음 날 아침, 기다리던 햇볕 커튼이 열리면 수줍던 꽃은 어느새 피어나 예쁜 얼굴과 독특한 향기로 온 세상에 자신을 내보이며 구김살 없는 삶의 행복을 연기하는 것이 아닌가.

꽃을 가꾸는 일은 자식을 기르는 일과 닮았다. 태양 같은 어미가 자식의 영혼 한가운데에서 변함없이 중심을 잡아주고, 생명을 이어주는 물과 양식 같은 끊임없는 사랑과 따뜻한 관심을 건네주지 않는가. 그런가 하면 민달팽이같이 주위를

어지럽히는 세상의 나쁜 요소들을 때때로 제거해주고, 위로나 도움이 되는 조언이 필요할 때마다 비료를 뿌려 주듯 보충해 주기 때문이다. 이처럼 부모는 자식이 자신만의 꽃을 피울 수 있도록 꽃에 온갖 정성을 다하고 있다.

헤아려보면 꽃은 퇴색되어 시든 부분 하나 때문에 몸 전체를 소멸시키지 않는다. 한 줄기에 꽃이 사라져도, 다른 줄기에 작은 봉오리의 희망이 꽃으로 피어날 때까지 꽃은 온 힘을 다해 버틴다. 그리고 꽃은 질척이는 과거나 열악한 현재 때문에 미래 전체를 무너뜨리지 않는다. 아마도 꽃은 내일의 희망으로 오늘을 견뎌 내는 것인지도 모른다.

이제 새봄을 맞아, 삶의 묵은 짐을 푸른 바람결에 흘려보내고, 한껏 피어나는 고운 꽃이 되고 싶다. 우리 모두의 영혼이 어여쁜 꽃으로 피어나, 세상 속에서 서로의 영혼을 곱게 물들일 수 있다면 얼마나 아름다울까? 세상이라는 꽃밭에서 저마다의 독특한 꽃들이 다정히 어깨를 기대 꽃밭을 이루고, 삶이 힘들 때마다 서로를 위로해 줄 향기를 뿜어낼 수 있다면 정겨운 삶이 되지 않을까.

황홀하게 피어난 봄꽃을 통해 삶을 반추하며, 서로의 영혼 속에서 아름답게 피어나는 꽃들을 꿈꾼다.

커피에 반하다

상큼한 커피 향이 잠에 취한 아침을 깨운다. 꿈나라에 취했던 영혼을 불러내 밝은 세상으로 걸어 나오게 하는 커피. 가을 낙엽의 타이밍같이, 진한 갈색 음료에는 혼을 각성시키는 타이머가 숨겨져 있나 보다.

매번의 아침마다 또 다른 하루의 새로움이 달여지듯, 아침녘이면 정성스레 커피를 달인다. 커피 팟에 맑은 영혼 같은 물 한 컵을 붓고, 커피 가루 두 숟갈을 커피 기계에 넣는다. 문득 열려 있는 커피 봉지에서 바닐라 향내가 물씬 스며 나오자, 잠자던 후각이 화들짝 깨어난다.

달리는 기차 소리의 커피 팟에서 뜨겁게 달구어진 물이 원두커피 가루를 통과하면 잠시 후 짙게 우려진 갈색 커피가 반가운 소식처럼 콰르르 쏟아져 나온다. 그것은 차갑기만 한 삶을 자신의 열정과 정성으로 끓인 다음, 환상의 아로마 향이 가득 찬 꿈에 여과시켜, 마침내 노력과 인내의 열매인 커피라는 삶의 꽃을 화사하게 피워내는 것과 같다.

바람결에 살포시 떨어지는 꽃잎처럼, 완성된 커피를 고운 찻잔에 따른다. 가만히 잔을 들어 올려 상큼하게 한 모금을 맛본다. 따뜻한 커피가 혈관을 타고 온몸으로 퍼지자, 나는 차츰 커피나무로 변해간다. 높은 산을 내리쬐는 뜨거운 태양열이 몸에 깃드는지 전신이 따뜻해 오고, 싱그러운 바람결에 이성(理性)이 맑아지는가 하면, 푸른 산 정기가 온몸에 스며들자 영혼까지 청정해진다. 잠시 후 자유로워진 몸과 혼은 시공의 경계를 넓혀가기 시작한다. 깊은 들숨과 날숨은 편안히 이어지고 주변과 나는 하나가 된다. 커피에는 주변과 조화를 이루게 하는 촉매제 감초가 들어 있나 보다. 자유로운 영혼들이 커피를 마시며 가까워지는 것은, 커피에 들은 감초 성분 때문이 아닐까.

자기만의 커피를 마시는 건 자신만의 여유를 갖는 것인지도 모른다. 쉼 없이 공격해 오는 일상의 충격 속에서 여유를 가진다는 것은, 언젠가 터질지도 모르는 쓰나미 같은 삶의 충격을 완화 시켜 주는 방편이 될 듯도 싶다. 팽팽해지는 하루의 일과에서 자신만의 이완 장치가 될 커피 한 잔의 여유를 누린다는 것은, 시행착오를 통해 삶을 걷는 나 같은 하루살이들에게는 필수일 것 같다.

커피의 갈색은 다색(茶色)이라 하여, 빨강과 검정빛 그리고 노란색이 합쳐져 만들어진다. 깊은 맛을 품은 커피에는 각각의 색이 지닌 의미가 다분히 내포되어 있는 듯싶다.

커피를 마시고 나면 솟아오르는 삶의 열정은 아마도 붉은 빛에서 나오지 않나 하는 생각이 든다. 그런가 하면 검은빛은 우리의 눈을 기쁘게도 하지 않고 감각을 일깨우지도 않지만,

모든 색을 끌어안는 포용력이 있다. 그러기에 어느 무슨 빛도 검은색을 대체할 수는 없다. 그래서일까, 새로운 아침이 떠오르면 커피는 어제의 실수를 덮고 또 다른 시작을 신선하게 수행할 수 있게 만들지 않는가.

원두커피에는 신맛과 단맛이 있는가 하면 짠맛과 쓴맛 그리고 감칠맛과 향기로운 아로마 향까지 숨겨져 있다. 오감을 산뜻하게 자극하며 신선한 충격으로 다가서는 커피, 매혹적인 향으로 후각을, 오묘한 맛으로 미각을 매료시키는가 하면, 예측할 수 없는 삶처럼 불투명하지만 신비한 빛깔로 시각을 자극한다. 그리고 마침내는 넉넉한 여유로움에서 오는 풍요로운 영혼의 소리까지 듣게 만든다.

커피는 주로 높은 산에서 재배하는데, 그것은 고지대 특유의 일교차를 이용하여 생두의 밀도를 높이고 품질을 향상시키려는 이유에서이다. 삶에서도 마찬가지일 터이다. 어려움을 극복해 낸 사람이라야, 작은 일에 흔들리지 않고 야무지고 단단한 사람으로 거듭나는 이치와 같지 않을까.

헤아려보면 좋은 커피에는 각기 다른 여러 맛이 존재할 뿐 아니라 그 밸런스 역시 잘 맞추어져 있다. 그것은 아름다운 삶의 복합적인 요소가 적절한 조화를 이루며 어울려 서로의 맛을 받쳐주고 살려주는 것과 비슷하다. 아마도 사람들이 좋은 커피에 매료되는 이유는, 커피 맛이 복합적이고도 조화로운 삶의 맛과 닮았기 때문일 것이다.

문득, 가을 낙엽 빛인 커피를 닮은 사람이 되고 싶어진다.

생기 넘치고, 신선하게 톡 쏘는가 하면, 날카롭지만 밝고 풍
요로운 멋을 가슴에 품은 사람, 더 나아가 담백하고 은근하지
만 감미로운 향기의 삶을 걸어가는 사람의 모습이 더 매력적
으로 다가오기 때문이다.

부처의 표정

반짝이던 부처 얼굴의 금칠이 벗겨졌다. 테이블 위에 장식으로 놓아둔 불상이다. 그 금불의 표면이 반쯤 벗겨지면서 푸른색이 드러난 것이다.

침침한 어둠 속에 비친 푸른 부분과 금빛이 꼭 내 마음속을 닮았다. 멋진 각을 이루며 조각된 부처의 밑바탕 얼굴처럼 겉으로는 멀쩡하지만 마음 안 표정이 긍정과 부정으로 어설프게 얼룩진 채 세월에 쫓겨 빛바래 가는 나의 모습 같았기 때문이다.

방 안을 채운 검은빛 어둠을 밝음으로 밀어내자 부처 얼굴의 한쪽 편 눈가로부터 이어진 뺨 아래의 칠이 길게 벗겨져 있었다. 부처는 눈물을 흘리는 듯 슬픈 모습이 되었다. 그것은 착한 마음과 미움의 마음이 갈등하며 지친 삶에 눈물 흘리는 내 모습이었다.

때로는 세상 모두를 받아들일 듯하다가도 찰나 간에 바늘 끝 하나도 못 들어가게 좁아지고 마는 나. 자신의 약점에는 한없이 너그러우면서도 남의 단점에는 철저한 완벽을 바라는, 말도 안 되는 그 무엇으로 채워진 나는 세상이 내 맘대로

되지 않는다고 얼마나 자주 눈물을 흘렸던가.

법당의 부처님이 금빛 옷을 입고 계신다. 다섯 부처님의 은은한 미소는 단아하게 정리된 모습들이다. 하늘과 땅 사이 같이 깊은 천상과 지옥을 하루에도 수없이 넘나드는 내 마음 안에서 제일 아름답고 선하게 다듬어진 부처님의 얼굴이리라. 마음속의 수만 얼굴 중에서 제일 너그럽고 아름다운 중생 얼굴의 표정으로, 평범한 삶을 깨달음으로 완벽하게 숙성시킨 달관의 경지의 빛나는 얼굴이다. 자신을 끝없이 퍼내어 비움으로써 아름다워짐을 상징적으로 나투며 뭇 중생들로 하여금 그렇게 닮으라는 의미일 듯싶다.

그곳에는 태초부터 내재되었던 그리고 영구히 지속될 우주 속의 '나'가 들어 있다. 분별이 끊어지면 삼세제불과 하나인 나는 그 모습에서 최상의 나의 표정을 본다. 작은 나를 버렸기에, 아니 그 존재조차 산산조각 부서뜨려 허공으로 비웠기에 깨달음의 정각을 이룬 부처님이 아니겠는가.

다섯 분의 부처님 뒤에는 오백 나한이 각각 다른 모습을 하고 있다. 마음가짐에 따라 변하는 것이 얼굴인지, 나한의 표정과 모습이 오백 가지로 각기 다르다. 나한들의 표정은 파도를 닮았다. 거칠었다 부드러웠다 약해졌다 강해지는 파도의 물결처럼 그것들의 표정들은 쉬지 않고 변했다. 바람결의 사시나무같이 흔들리는 마음 귀퉁이는 얼굴의 표정으로 표출되기 때문이리라. 그러고 보면 하루에도 몇 번씩이나 탈바꿈하는 나의 표정은 높은 파도를 탔다가 금세 물거품 속에 떨어지는 바닷가의 썰핀 같은 것인지도 모른다. 거친 파도가 몰아치듯 성을 냈다가 바닷가 갈색 거품처럼 끓어오르며 자신보다 앞선 사람을 시샘했다가 둑을 넘는 홍수 비처럼 분수에 넘치는 욕심을 내며 그 마음의 표정을 바꿔 가며 살아 온 때문이다.

무명으로 싸여 있기에 자신이 부처임을 모를 뿐, 선(善)과 악(惡)의 개념이 끊어져 분별심이 사라진 순수한 마음자리를 부처라 하였다. 험한 파도가 조용한 바다의 한 부분이듯 파동치는 마음의 움직임도 부처 마음의 한 부분일 것이다. 보기 흉한 마음이든 예쁜 마음이든 천박한 마음이든, 마음 바다로부터 표출된 모습들은 모두 부처 마음의 일부이리라.

나쁘고 좋은 것은 누가 정해 놓았단 말인가. 그것은 시대와 환경에 따라 그 세상 사람들이 지어놓은 개념과 명칭일 뿐 그 상황을 떠나면 모두가 무의미해질 따름이다. 그러고 보면 분노와 미움 그리고 추한 마음조차 하나의 마음 움직임에 지나지 않을까. 따라서 그것을 두고 나쁘다고 표현하는 자체가 맞지 않을지도 모르겠다.

마음의 움직임마다 그림자로 드러나는 얼굴의 표정이 달라진다 하면 부처의 표정은 팔만 사천 가지보다 많을 것이라는 생각이다. 그리 보면 눈물을 흘리는 부처, 고뇌하는 부처, 방황하는 부처, 화가 난 부처, 애틋한 부처, 미안해하는 부처, 활짝 웃는 부처, 동정심이 넘치는 부처도 도처에서 만날 수 있을 것 같다.

내가 좋아하는 부처의 모습은 정지되고 고요한 정(靜)을 이룬 부처보다는, 적극적인 삶의 현장을 뛰며 고뇌하는 부처이다. 착한 것만을 지향하는 부처보다는 잘못을 저지른 자신을 보며 참회하는 부처의 모습에 보다 애착이 더 간다. 감정이 멎은 부처보다는 열정적으로 삶에 참여하고 몰입하는 부처의 그 표정을 사랑하고 싶다. 욕심을 낸다면 살아있는 부처, 이웃의 마음을 슬기롭게 읽어내는 부처이고 싶다. 타오르는 열정으로 숨이 붙어 있는 한 밝은 여래의 마음을 지탱하려 나태해지는 자신과 처절하게 싸우며 순간마다 최선을 다하는 그 부처의 표정이야말로 시공을 초월한 살아있는 부처가 아닐까.

다시 칠이 벗겨진 부처의 표정을 응시한다. 말 없는 부처의 입가 사이로 연한 미소가 연꽃잎처럼 곱게 흐른다. 아마도 내 마음속의 엷은 미소가 조각된 부처 얼굴을 통해 은은히 반사되고 있나보다.

세탁

빨래를 한다. 세탁물 양에 맞추어 세탁기의 물 조절 버튼을 누르자 폭포수 같은 물이 콸콸 쏟아진다. 하루가 시작되려면 둥근 해가 세상에 그 낯을 내보이듯, 빨래를 하려면 수소 분자 2개와 산소 분자 1개가 결합된 물이 그 몸을 나누어야 한다. 빨래통을 가득 채운 물에 생선 비늘같이 미끈대는 가루비누를 한 수쿱 넣는다. 잠시 후 안개같이 퍼지는 거품 위로 작은 무지개들이 찰나를 존재하기 위해 반짝이며 태어난다.

끓어오르는 삶처럼 한순간 허망하게 사라질 하얀 포말들은 이제 산같이 부풀어 커지며 세탁기 안을 가득 메웠다. 체중이 불며 입기 시작한 검정 바지와 검정 셔츠 그리고 색색의 양말 등을 세탁기 안으로 던져 넣는다. 거리를 나서면 부딪치는 각기 다른 사람들처럼 빨랫감들은 각양각색이다. 사람의 성격이 다르듯 빛깔이 다르고, 교육 수준이 틀리듯 옷감이 다르고, 사람들의 외모처럼 모양도 각각이다.

빠른 세상이 빙빙 돌듯 빨래 기계가 철철 돌아간다. 그 안의 빨랫감들도 기계에 맞추어 몸을 빠릿빠릿하게 움직이는 듯싶다. 마치 세상이 열렬히 돌아가면 그 속의 사람들도 세상에 맞추어 맹렬해지듯이 말이다. 비눗물이 색색 가지 옷들의 목까지 차오르자 그것들은 숨이 찬 듯 깔딱거리기 시작한다. 지지고 볶는 삶의 한순간처럼, 빨랫감들은 이제 흔들어 문지르고 휘저어 돌려대는 시달림들을 모두 견뎌내야만 한다.

잠시 멈추는가 싶던 세탁기가 옷들을 심하게 뒤틀기 시작했다. 가슴이며 온 전신에 뒤죽박죽 헛장인 듯 불어난 비눗물을 빼내기 위해서다. 옷들은 비틀리고 짓눌리며 전신이 힘들게 다져진다. 세탁기는 자기식대로의 고집스러운 얼룩의 오점들을 휘돌아가다 멈추고 다시 돌려 누르며 꼭 물려 토해내지 못한 것들을 힘주어 짜낸다. 그것은 얼룩이 제법 사라졌다 싶어도 빨랫감들을 다시 휘몰고 뒤틀어 끝내는 모두 뱉게 만드는 것이다.

세탁기는 고된 인생살이에서처럼 정신 못 차리게 비눗물을 퍼붓고 때 묻은 옷을 사정없이 쥐어짜며 옥죄었지만, 그것은 삶의 오염물질을 정화시켜 또 다른 새로움으로 태어나기 위해서였다. 그것들의 피나는 과정은 열렬한 삶으로 가기 위한 디딤돌인 것이다. 고난은 견뎌내야만 그 가치가 있듯, 그것에는 삶의 모습이 진하게 숨어 있는 듯싶다.

빨래가 끝나자 세탁기는 싸한 침묵에 빠졌다. 그것은 집한 모퉁이에 하얀빛 옷을 입고 정좌한 채 아무렇지도 않게 세상을 돌려댔다. 서두르지도 않을 뿐 아니라 단계마다의 사이클에 맞춰 쉬엄쉬엄 숨을 고르며 세간을 돌렸다. 두꺼비 걸음모양 한 박자 늦추어 간다고 무엇이 그리 달라질 것이란 말인

가. 세상살이가 별것이던가. 지지고 볶으면서도 모든 일을 순리에 맞춰 걷다 보면 힘들고 고되지만 끝내는 이루어진다는 것을 세탁기는 은밀히 말해주고 있는 듯하다.

이제 영혼까지 깨끗해진 빨래가 원래의 모습으로 화창한 볕에 몸을 드러냈다. 세상이 모두 열린 듯 온통 혼까지 비워진 옷들은 바람결에 자신의 속내를 내보이며 종횡 자재로 출렁거린다. 비워진다는 것은 어디에도 걸림이 없어지는 것인가 보다.

빨래는 작은 팝콘이었나 보다. 따뜻한 열이 더해지면 옥수수 알의 몸이 부풀며 팝콘이 되듯, 축축하던 빨래도 따스한 태양열이 보태져 보송보송 마르면 무게가 가벼워지며 그 부피가 커지기 때문이다. 그런가 하면 젖은 빨래는 온갖 빛의 나비 같기도 하다. 오랫동안 축축했던 고치를 벗어나 어느 순간 가벼운 날개를 달고 자신을 뽐내는 화려한 나비처럼, 빨랫줄에 걸렸던 빨래들도 바람 속에 몸을 말리자 알록달록한 빛으로 살아나 온몸을 흔들며 보라는 듯 바람을 맞고 있다.

생각해 보면 나의 영혼도 때때로 세탁을 해야 될 듯싶다. 가슴 안에 물든 오만과 편견 그리고 때 묻은 아집 모두를 깔끔하게 정화해야 되기 때문이다. 영혼 속을 쓸데없이 가득 메운 때 묻은 사념들을 하얀 비눗물에 넣고 잠기게 할 것이다. 잠시 후 깔딱거리는 생각들 사이로 거품 이는 비눗물이 잔뜩 차오르고 세상이 돌듯 기계가 돌면, 가슴을 휘젓던 뒤죽박죽 섞인 속된 생각들은 휘저어지고 뒤틀려지며 더 이상 머무를 수 없도록 힘주어 짜질 것이다. 그리하여 가슴의 오염물질이 모두 빠져나가 텅 비어지면 영혼은 걸리지 않는 바람같이 한없이 자유로워지리라. 하지만 뼈를 깎는 수행을 거치고도 시간이 지나면 오염되고야 마는 나는, 삶이 계속되는 한 얼룩진 세탁물처럼 지속적인 혼(魂)의 세탁을 해야 할 듯싶다.

낙엽을 읽다

갈색 잎들이 우수수 흩어진다. 계절이 보내는 싸한 엽서는 나무에서 떨어지는 갈색 낙엽이다. 한여름 싱그럽던 초록 잎은 어느새 갈빛으로 퇴색하여 낮은 곳으로 낮은 곳으로 몸을 낮추고 있다. 싸한 바람이 불자 우수수 눈물같이 떨어지는 낙엽. 가슴앓이 끝에 떨어지는 낙엽이어선지, 그것을 보고 있으면 마음이 왠지 슬프다.

나무는 저무는 한 해의 안타까움과 후회, 허무하게 흐르는 세월의 무상함에 눈물을 떨구는지도 모른다. 고엽을 보고 있으면, 인생이 어디에서 와서 어디로 가는 것인지의 본질적인 삶의 의문과 의미가 절실해진다.

눈물이 되어 떨어지는 낙엽. 감정의 끝은 눈물이라 하였던가. 그것에는 슬픔과 기쁨 그리고 분노 같은 온갖 감정이 녹아 있는 듯싶다. 그래서일까 눈물을 흘리고 나면 감성이 순화되어 영혼이 맑아지고 세상이 투명해진다. 그것은 응어리진 감정이나 떨쳐내기 힘든 삶의 집착들을 비워주기 때문이리라. 눈물은 아픈 감성을 치료해주는 약인지도 모른다. 그러기에 아일랜드 속담에 흐르는 눈물은 고통이나, 그보다 더 괴로운 것은 흐르지 않는 눈물이라 하였다.

어찌 보면 나무의 눈물은 또 다른 시작을 의미하는지도 모른다. 갈색 눈물이 흐르다 보면, 어느새 푸른 나무의 영혼은 정화되고 그것은 또 다른 삶의 시작으로 이어지지 않을까. 눈물은 삶을 단단하게 만드는가 하면 오래 버틸 수 있는 힘을 주는 것 같다.

갈빛 낙엽에서는 커피 냄새가 난다. 커피는 감성을 촉촉이 적시는 갈색빛으로 고혹적인 향을 풍기는 매력을 지녔다. 쌉쌀하면서도 시니컬하게 혀끝을 자극하다 마지막에는 고소한 맛을 여운으로 남기는 커피. 바스락바스락 낙엽길을 걷다 보면, 삶이 비록 싸하고 냉소적이지만 쓰디쓴 커피의 고소함이같이 인생은 그래도 살아볼 만한 가치가 있다는 것을 느끼게된다.

문득 낙엽을 밟아가다 그것이 낯선 코스모스 사이에 누워 있는 것을 발견했다. 코스모스를 닮은 낙엽. 코스모스와 낙엽은 설레는 그리움으로 감성을 적시며 영혼에 다가서는 가을의 얼굴들 아닌가. 한들한들 바람결에 춤추는 코스모스는 가슴의 노란 꽃에 수많은 별을 품었다 해, 그 이름을 '코스모스'라 불렀다 한다. 꽃의 의미가 우주라면, 갈색 낙엽에도 나름대로의 우주가 있었다. 하늘의 해와 땅의 물을 합쳐 양분을 만들어 낸 푸른 우주는 여름내 초록 나뭇잎에 의해 진행되었고, 그 흔적은 아직도 낙엽의 몸에 '삶의 훈장'처럼 새겨져 있지 않은가.

귀 기울여 들어 보면 낙엽에서는 철새 소리가 들린다. 철이 바뀌면 어딘가로 훌쩍 떠나버리는 철새. 낙엽을 밟으며 먼 곳이 그리워지고 어디론가 멀리 떠나고 싶은 것은, 떠날 채비를 마친 철새가 그것에 깃들어 있기 때문이리라.

문득 고개를 들어 쪽빛 하늘을 보니 빨간 고추잠자리들이 허공에 가을 풍경화를 그리고 있다. 빨간 고추잠자리를 닮은 붉은 단풍잎들이 떨어지며 알 수 없는 형상들을 하늘에 그려대기 때문이다. 장난기 어린 바람이 허공에 동그라미를 그리자, 고추잠자리가 된 단풍잎은 또르르 날갯짓하며 쪽빛 하늘에 커다란 원을 스케치한다. 빈손으로 왔다가 빈손으로 돌아가는 고추잠자리와 단풍잎이지만, 슬퍼지는 가을을 곱게 채색하려고 둘은 빨갛게 몸을 달구어, 가을 한복판에서 흥겨운 풍악 놀이를 벌이며 축제 분위기를 연출해 낸다.

푸르던 자신을 지워내 흙빛이 된 낙엽. 세월은 나뭇잎의 영혼 속에 아집을 비우고 겸허함과 소박함으로 채워 주려, 그렇게 만들었을 듯도 싶다. 누구라도 부담 없이 밟고 다니지만 매 순간 그 존재조차 의식 못 하게 자신을 비운 낙엽이 아니던가. 어쩌면 삶은 인연 따라 잠시 머물다 가는 소풍으로 원래 내세울 것이 없음을, 세월은 이미 알고 있었는지도 모른다.

어쩌면 낙엽에는 한글의 자음과 모음이 새겨져 있는지도 모른다. 계절이 보내는 메시지가 갈색 잎에 적혀있는 까닭이다. 그것에는 "떨어지는 잎을 보며 삶이 무엇인가를 사유하고, 지금의 자신을 돌아보며 성찰하라. 한편으로, 사는 동안 주변 이웃에게 넉넉하고 따뜻하게 온정을 베풀라."라는 사연이 빼곡히 적혀있는 것만 같다. 자기의 삶은 자신만이 지어나가는 것이기에 의지 여하에 따라 그 빛도 다양한 낙엽 빛처럼 달라질 수 있으리라.

헤아려보면 낙엽은 인생의 축소판 같다. 한자리에서 삶의 생로병사를 온몸으로 겪어낸 나뭇잎은 마지막 땅에 누워 흙으로 돌아가는 순간까지 인생을 닮았다. 그래서인가 삶의 끝자락에 선 낙엽은 생명체의 실상을 적나라하게 보여준다. 떨어진 잎들 위에 누우면 까칠해진 내 삶이 낙엽 몸에 닿는 것 같아 고독해진 영혼은 청잣빛 하늘 속에 깊어만 간다.

감성을 적시는 이브 몽탕의 〈고엽〉 노래를 굳이 듣지 않아도, 깊어지는 가을은 쪽빛 하늘 속에 풍요롭게 익어만 가고, 바스락바스락 낙엽을 밟으며 나는 흠뻑 낭만에 빠진다. 낙엽의 매력은, 죽었지만 가슴에 살아남아 삶을 얘기한다는 것이다. 낙엽 길을 걸으며 나뭇잎의 죽음에서, 인생을 관조하며 그 속에서 죽음과 삶을 생각해 본다. 죽음 속에서 삶을 사유하고, 삶 속에서 죽음을 사고하는 것은, 둘이 하나이기 때문이리라.

발톱

　발톱이 탈이 났다. 엄지발가락 네모난 발톱 아랫부분이 부어올랐다. 무언가에게 불시에 공격받아 편치 않은 탓에 푸석푸석하다. 불운의 시초가 모호하듯 쑤시지도 않고 톡톡 쏘는 것도 아니지만 어쩐지 분위기가 심상치 않다. 소리 내어 크게 울 수도 없고 심한 통증으로 주의를 끌 수도 없게 되자 발톱의 불편한 속내는 끝이 보이지 않는 터널 속을 암담하게 걷는 기분일 것이다. 시간이 지날수록 그 빛이 침침하고 거무죽죽해지는 것을 보면 우울증에라도 걸린 듯도 싶다. 순간적인 불행 바이러스가 피부밑으로 잠입한 것이 분명하다.

　수술한 무릎에 부담을 덜려고 수영을 시작한 첫날이다. 헤엄을 마치고 돌아온 저녁, 발톱 아랫부분과 맞닿은 피부에 칼을 대는 것 같은 날카로운 진통이 지나갔다. 면도날로 금을 긋는 듯 예리하고도 아슬한 통증이었다. 얼마 후 아픈 것이 멈춰지자 엄지발톱의 낯빛이 변하기 시작했다. 박테리아인지 바이러스인지 나쁜 균이 그 주변을 침범하며 감염된 것이리라.

　발–톱을 발음해 본다. 발에 달린 뾰족한 톱이다. 나무가 잘릴 만큼 예리한 날을 가진 톱은 발에 붙어 '발톱'이 되었다. 그래서인가, 먹이를 공격할 때의 독수리 발톱은 눈매보다 더 날카롭게 날을 세운다. 곤두선 발톱은 생명체가 적을 공격할 때 사용되는 치명적인 무기였다. 그것은 표적에게 타격을 주려 집중된 독수리의 총칼이며 살아남기 위해 솟은 본능이었다.

한 시간이 넘게 지루한 순서를 기다리던 칸쿤의 비행장에서 줄에 없던 대가족이 마지막 순간에 내 앞을 들어서며 순서를 가로챌 때, 가슴 한편에는 뾰족한 발톱이 섰다. 스페니쉬나 영어로 이유도 듣기 전에 가슴 깊은 곳 어디에선가 공격의 발톱이 예리하게 선 것이다.

"실례합니다. 저보다 먼저 줄에 서 있었나요? 저는 한 시간 전부터 줄 서서 기다리고 있었는데요."

온몸의 신경에 순간적으로 터지는 열꽃같이 발톱은 날카롭게 날을 세워 질서를 무시한 사람을 할퀴기 시작했다.

"아, 우리는 줄에만 서지 않았을 뿐 언제인지는 모르지만 벌써 오래전에 와 있었어요."

타당하지 않은 설명과 반박이 이어지자 검사관이 달려왔다. 그는 무슨 일이냐며 앞 사람과 나의 중간에 권위의 발톱을 들이밀었다. 순간, 곤두섰던 나의 발톱은 털 밑으로 사라졌다. 고양이가 온몸의 기지개를 켤 때 발톱을 누그러뜨리듯, 중재인이 생겼으니 나의 발톱은 방어만을 유지하면 되기 때문이었다. 사리에 맞던 나는 방어의 발톱만으로도 당연히 권리를 찾을 수 있을 것이다.

누구나의 가슴속에는 공격적인 발톱이 하나씩 있다. 천당과 지옥이 각자의 마음가짐에 따라 달라지듯 발톱을 곤두세우느냐 눕히느냐는 자신의 선택이다. 발톱을 세워 주변을 공격하느냐 그것을 눕혀 주위와 부드럽게 융화하는가는 자신의 가치관이며 삶의 철학일 것이다.

그러면 나의 발톱은 어떤 것일까. 항상 예리한 발톱을 세워 부정적이고 파괴적인 공박만을 일삼는 것은 아닐까. 아니면 누그러지다 못해 날카로운 발톱이 있는 줄도 모르게 애매모호해져서 비굴하게 방어만 하며 세월 속에 밀려가는 것은 아닐까. 그것도 아니라면 순간적으로 자기 성질에 못 이겨 이치에 맞지 않은 공격을 했다가 감당이 안 되자 순간 그것을 감춰버리는 즉흥적인 일회용 발톱이 아닐까. 아니면 뚜렷한 삶의 잣대가 없어 긍정적인 공격과 계획적인 방어가 뒤범벅이 된 채 뒤죽박죽 엉켜버린 발톱을 갖고 있는 것인지도 모르겠다.

모든 생명체는 자신을 지켜주는 발톱을 은밀히 지니고 있는 것 같다. 매혹적인 장미에 돋은 뾰족한 가시라든가 여려 보이는 야생화의 온몸을 감싼 까칠한 몸털들이 그것이다. 어느 남자는 여자의 매력을 그녀의 발톱에서 찾았다. 야시시한 형광빛 매니큐어를 발톱에 입혀 남자를 도발적으로 유혹하는 여자. 요염한 여성의 발톱은 암컷임을 강조해 수컷을 유혹함으로써 삶을 연명하며 보호받고 있는 것이다.

외부를 향한 과감한 공격과 기본적인 방어를 하는 발톱은 힘이다. 그러기에 그것은 자신을 지켜주는 생명체의 자존심이며 울타리이다. 울타리가 없으면 누구라도 수시로 침범하며 드나들 수 있지만, 그것이 있음으로써 자신을 보호할 수 있는 것이다.

생각해 보면 세상에서의 긍정적인 발톱은 조리 있는 언변으로 대변될 수도 있고, 반듯한 매너일 수도 있고, 자기가 맡은 분야를 능숙하게 수행하는 능력일 수도 있겠다. 또 각자의 역량에 맞추어 최선을 다하며 일하는 것도 자신의 발톱이 생존할 수 있는 긍정적인 공격이며 방어일 듯도 싶다. 그리 보면 세상은 모두 발톱을 중심으로 돌아간다고 말할 수 있겠다.

원하기는 나의 발톱은 긍정적인 공격과 자신의 수비가 균형을 맞춘 삶이었으면 좋겠다. 더 나아간다면 발톱의 의미같이 '발가락을 보호하기 위해 그 끝에 덮여 있는 단단한 물질로만 존재'하며 주변을 부정적으로 공격하기보다는 선인장의 가시같이 긍정적인 자신의 방비 정도로 유지됐으면 한다.

그리고 군이 욕심을 더 부린다면 지혜로운 코끼리의 발톱 같았으면 좋겠다. 나약한 어린아이를 평화롭게 잠재우고, 마을 사람들을 도와 밀림 속의 무거운 나무들을 묵묵히 실어 나르는 코끼리의 발톱처럼, 이웃들을 위해 말없이 도움을 줄 수 있는 성숙되고도 착한 발톱이었으면 좋겠다.

파리

파리떼가 들끓는다. 고양이 먹이로 밖의 마당을 자주 드나들자, 그 틈을 타고 더위를 피해 들어온 녀석들 같다. 놈들의 숫자는 더운 날씨로 불쾌지수가 불어나듯 늘어만 가는 것 같다. 아침도 먹기 전 열 마리나 되는 놈을 죽여 하루치의 파리 박멸이 끝났다고 생각했는데, 뻔뻔한 녀석 한 마리가 천연덕스레 손등 위에 내려앉는다.

녀석들의 안테나 촉은 사냥에 지친 나를 벌써 감지한 듯하다. 온갖 날개 쇼를 벌이던 녀석이 비웃는 듯 다시 어깨에 내려앉더니 주변을 내내 맴돌며 귀찮게 한다. 수천 개의 독립된 수정체의 겹눈으로 온 세상을 다각도로 보는 교활한 놈은 반사 신경의 속도가 어눌한 나보다 열 배나 빠르다고 하니 어쩌면 당연한 일인지도 모르겠다.

피할 수 없으면 즐기라고 했던가. 불결해서 그 존재 자체를 모두 없애겠다는 생각을 내려놓자, 녀석의 실체가 그런대로 괜찮아졌다. 자연의 눈으로 보면 어떤 생명체이건 좋고 나쁜 것이 없는 것 아닌가. 빈 마음으로 보면 선과 악의 개념조차도 시대가 정해 놓은 사회의 통념 같은 것인지도 모른다.

녀석은 나만의 공간인 부엌까지 찾아와 계절의 열기로 피폐된 영혼을 자극시키려 했을 듯도 싶다. 지치고 늘어져 끝없이 가라앉는 영혼이 더 이상 게으름의 나락으로 떨어지지 않도록 구제해 주려는 의도인 것도 같다.

녀석은 왜소한 체구이지만 비행할 때면 제법 윙윙 소리를 내며 작은 카리스마를 뿜어낸다. 공군이었다가 육군도 되었다가, 알에서 깨어나서는 해군이기도 했던 녀석이다. 작은 헬리콥터에 올라앉아 일부러 먹이를 공급하지 않아도 어디서건 먹이를 찾아내는 생활력이 강한 녀석임에 분명하다.

타원을 그렸다 직선으로 뻗기도 하며 자신의 한을 살풀이로 풀어내는 녀석. 힘들고 고달픈 삶을 춤으로 토해내는 것인지, 아니면 어쩔 수 없는 삶의 한계를 허공에다 하소연하는 것인지는 알 수가 없다. 미스터리한 선을 대담하게 그어대는 녀석의 춤사위는 예측이 불허해 오묘하기만 하다.

녀석은 찬 것과 더운 것, 더러운 것과 깨끗한 것들을 모두 초월했나 보다. 잠시 머무는 곳이 어느 곳이든 무엇이든 상관하지 않는 것 같다. 사리 분별과 차별이 끊어진 경계를 몸으로 직접 보여주는 녀석은 어쩌면 한 소식을 득도한 수도승일지 모른다.

신기한 것은 이 녀석이 범죄 수사 과정에서 시계로 변신하여 마법처럼 사건의 실체를 해결해 나간다는 것이다. 놈은 탐정 이야기의 셜록 홈스같이 범죄를 풀어가는 수사관으로 변신한다. 시체는 그들의 훌륭한 먹잇감이 되기 때문에 방치된 시간에 따라 파리과의 곤충이 순서대로 모이게 된다고 한다. 기생하는 파리의 종류에 따라 시신의 사망 시간이 일기책을 보듯 역추적 된다는 것이다.

게다가 녀석은 자신과 먹이사슬로 이어진 생명체의 생존에 도움을 주고 죽은 동식물을 먹이 삼아 땅을 정화시키고 농작물을 비옥하게 살찌운다. 전 세계의 파리 종이 10만여 종이 된다고 하니 녀석들의 종류는 인간의 종류보다 더 많다고 볼 수 있다. 지구별의 어머니인 흙을 모두 청소하려면 녀석들의 수는 당연히 많아야 할 듯도 싶다. 곤충학자 크리스토퍼 오툴은 《낯선 세계》라는 저서에서, 곤충이 없는 지구는 온통 죽은 동식물로 둘러싸이게 될 것이라고 했다. 그는 파리 같은 곤충은 인간 없이도 살 수 있지만, 인간은 그것들 없이는 살아남을 수가 없다고 서술하고 있다. 온갖 지저분한 것의 온상지라고 볼 수 있는 이 녀석이 법의 곤충학의 시야로 보면 위대한 공헌을 하고 있는 셈이다.

좋아하는 것이라면 목숨까지 내던지며 탐닉하다 삼매의 경지까지 이르는 녀석, 어찌 보면 놈은 생명까지 팽개치며 삶에 몰두하는 열정파이며 순정파인 듯싶다. 연꽃이 더러움을 순화하여 맑게 피어난 꽃이라면, 녀석은 온몸과 영혼을 다 합친 열정으로 삶을 피워낸다. 불꽃처럼 피어나 먹이와 하나가 되는 파리는, 거지의 어깨에 앉으면 거지가 되고 쓰레기 위에 앉으면 쓰레기로 변신한다. 녀석은 낮고 더럽고 버림받은 것과 한 몸이 되어 소통하고 얼싸안으며 피 같은 정을 나눈다.

게다가 성격이 화끈하다 보니 찰나의 만남에도 목숨을 나눌 동업 중생으로까지 변신한다.

녀석은 주지 않은 것을 탐해서인가, 혼신을 다해 손을 비벼대며 사죄하는 양심가이기도 하다. 하지만 때로는 삼매경지의 절정에서 단호하게 비상하여 집착했던 것으로부터 무심히 벗어날 수 있는 멋진 녀석이기도 하다. 그때의 반짝이는 날개는 탐닉했던 애착에서 벗어나는 출구이며, 단맛의 기억을 무상무념의 경계로 인도하는 입구가 될 듯도 싶다.

생각해 보면 때로는 나도 파리가 되어 세상 여기저기를 날아다니는 것 같다. 그놈의 지저분한 속성이 내게도 다분히 숨어 있기 때문이다. 구접스레 냄새나는 삶 속에서 어두운 눈을 더듬거리며 단맛을 찾아 비상하는 나. 치사한 날개를 펄럭이다 어쩌다 감미를 발견하면 순간에 자신을 잃고 빠져들어 간다.

원하지 않는 자리에 넙죽 앉아 깨끗지 못한 것에 욕심을 내고 집착하여, 양손을 비비는 파리처럼 창백하고 불안한 영혼은 경련을 일으키곤 했다. 그런가 하면 벗어나야 할 때 애착의 끈을 놓지 못해, 삶의 어깨를 휘청대기도 했다. 그러다 상황이 악화되면 구겨진 날개를 휘저으며 현실에서 도망치려 때늦은 비상을 시도하지 않았던가.

순간을 멈추었다 다시 날아오르는 파리들을 본다. 머리를 쥐 뜯으며 지난 일을 후회하는 녀석도 있고, 자신의 시행착오를 되새기며 손 비벼 용서를 구하는 놈도 있으며, 꿈을 꾸듯

망상을 허공에 그려가는 녀석도 있다. 그런가 하면 요란한 냄새 나는 쓰레기통에 빠져 그것과 운명을 같이하는 녀석도 있고, 혼자만의 세계에 빠져 구석에만 숨어 있는 놈도 있다.

녀석의 한 단면은 어쩌면 우리 삶의 모습인지도 모르겠다. 지저분한 찌꺼기에 몰입해 쓰레기로 전락한 녀석과 추한 먹이에 빠져 깨끗한 자신의 본성을 던져버린 삶이 무엇이 다르다는 말인가. 누구나의 가슴속에는 파리의 속성이 숨어 있어, 자칫하면 파리로 전락될 수도 있을 것 같다. 어리석은 것에 대한 무분별한 집착과 몰입은 파리의 목숨처럼 한순간에 자멸을 초래할 것이다.

삶은 자신을 지킬 수 있는 생명체만이 소유할 수 있는 것인지도 모른다. 녀석은 "너 자신을 알라"는 소크라테스의 말을 실제 몸으로 보여주는 존재이다. 지저분해서 모두가 경멸하는 삶을 과감하게 보여주는 녀석은 어쩌면 우리 삶의 스승이 될지도 모르겠다.

오늘 하루는 녀석을 쫓아내 죽이기보다, 그놈에게 고개 숙여 한 수를 배워야 할까 보다.

깡통

쭈그러진 깡통을 살짝 발로 찼다. 모든 것을 포기한 듯 길 위로 몸을 내던진 깡통은 무엇을 생각했을까. 세상이 험하다고 여겼을까. 아니면 너무 편해 몸을 마구 굴리고 싶었을까. 깡통은 세상 어디건 머무는 곳이 자기 집이라 생각할지도 모른다. 군데군데 쭈그러진 체면과 책임 모두를 벗어던지면 세상이 뭐라 해도 상관없다고 여긴 듯도 싶다. 어쩌면 모양이 어떻게 변형되었건 자신의 본질은 그저 깡통일 뿐이라고 자위할지도 모르겠다.

버스 정거장 벤치 밑에 쓰러진 사람이 눈에 들어왔다. 자세히 보니 그는 깊은 잠에 빠져 있었다. 웃통을 모두 벗고 낡은 바지만 걸친 채 평화로운 오수에 잠긴 것이다. 그의 몸은 간이 오두막집 모양 세운 버스 정거장의 한쪽 쇠기둥과 길게 뻗은 벤치 사이의 작은 공간 사이에 놓여 있었다. 잠결에 벤치에서 굴러떨어진 것일까. 들어설 수 없는 작은 공간의 쇠창살에 갇힌 듯 몸이 끼어 있었다.

버스를 기다리려고 온 남자 한 사람이 응급번호 911로 급하게 연락했나 보다. 빨간 불자동차 두 대가 요란한 사이렌 소리와 함께 거대한 몸을 길 가운데에 세운다. 거리를 제압하는 소란스러운 사이렌 소리와 함께 짙은 정복을 입은 소방사가 딱딱하게 차에서 내리더니 벤치로 다가가 잠든 사람을 깨운다. 그가 부스스 눈을 떴다. 하지만 공간이 너무 좁은 나머지 남자는 몸을 일으키지를 못한다. 소방사가 그의 몸을 옆으로 돌려 얇은 어깨죽지 쪽으로 뽑아내려고 안간힘을 쓴다. 그러나 큰 머리가 도저히 걸려 빠져나올 수가 없게 됐고 그러자 그는 다시 땅에 눕혀졌다. 몇 번의 힘든 시도로 상기된 남자는, 뜨거운 오후의 햇빛과 옹기종기 모인 사람들의 눈빛이 합쳐지자 몸이 붉은 연어 빛으로 변해갔다. 우여곡절 끝에 좁은 틈에 끼었던 깡통 같은 그가 마침내 빠져나왔다.

그는 세상이 버린 찌그러진 깡통이었는지도 모른다. 캔 맥주를 먹고 나면 더 이상 쓸모가 없어져 던져지는 일회용 깡통 말이다. 영혼이 일그러진 그는 세상 어딘가에 버려졌고 그곳은 슬프게도 좁은 구석이었다. 그의 혼은 한곳에 머물 수 없는 깡통 속의 바람처럼 외로이 흐르다 지구의 한 모퉁이에 끼게 된 것이다. 깡통같이 초라하게 거리에 버려진 그는 아이러니하게도 깡통으로 삶을 이어가고 있었다. 동전을 모으려고 그가 길가에 내놓은 것도 때 묻은 작은 통이었고, 빵을 담는 통도, 구멍 난 운동화도 찌그러진 배 모양의 깡통이었다.

생각해 보면 세상은 온통 깡통으로 이루어져 있는 것 같다. 철제로 골격을 갖춘 높은 빌딩도 커다랗고 긴 사각형 깡통의 변형이고, 철로 만든 집도 깡통의 변양이라 하겠다.

깡통으로 만든 은빛 자동차를 타고 바람처럼 달려 집에 도착했다. 부엌에 들자 키 큰 네모 깡통의 냉장고에 먹이가 보관되어 있고 깡통 쓰레기통이 그 옆에 조수인 양 붙어 있다. 옆으로는 선반을 가득 채운 뚜껑 달린 넓적한 깡통들이 냄비라는 이름으로 쓰임을 대기하고 있다. 전기 코드를 옆구리에 붙인 압력밥솥 깡통에서 밥을 지어낸다. 양념된 고기를 썰어 넣고 우산 모자를 쓴 버섯을 밥에 얹어 프라이팬에서 밥을 비빈다.

더운 팬에서 막 비벼낸 깡통 비빔밥을 먹은 나는 마침내 깡통이 되었다. 주변에서 눌리면 얇은 깡통처럼 기운이 일그러지다 끝내는 영혼까지 쭈그러지며 한없이 작아지는 나는 나약한 깡통이 아닌가. 온전하게 인정받지 못하면 펴지기 힘들게 구겨지다 끝내는 아무 데나 처박히고 싶은 깡통인 것이다.

비어있었을 때는 제 아무리 흔들어도 깡통은 소리를 내지 않았다. 빈 깡통 자체는, 무채색의 동양화에 색(色)이 없듯 소리가 없었다. 완전히 텅 빈 그것은 요란하지도, 호들갑스럽지도 않았다. 조용한 못의 깊은 수심처럼 고요가 맴돌며 무심한 경계를 이룰 뿐이었다. 가끔씩 뚫린 구멍으로 자유로운 바람이 드나들고 해맑간 햇볕이나 한가한 구름이 머무른다. 빈 깡통은 어느덧 푸른 바람이 되었다 따뜻한 햇볕을 받아 자연으로 변하며 흔들리지 않는 침묵을 지킨다.

하지만 내 가슴속 작은 불평 덩어리 몇 개가 흔들리자 시끄러워지기 시작했다. 몇 가지 불순한 생각이 섞여지며 비었을 때보다 오히려 더 들끓게 된 것이다. 남들 눈에 크게 띄어 관심을 받아 인정받고 싶었는지도 모른다. 몇 가지 짧게 아는 지식으로 시끄러운 소리를 만들었다. 왠지 빈 깡통이 아니라는 것을 세상에 알리고 싶기 때문이었다. 속이 제법 찬 깡통처럼 최고인 듯 착각하게 만들고도 싶었다. 아니, 빈 깡통이 아닌 척 위장하려 했을 듯도 싶다. 소리를 내려 몸부림치는 빈약한 깡통이 된 것이다.

어느 날인가 빈 깡통이나 속이 가득 찬 것은 소리를 내지 않는다는 사실을 알아냈다. 불순물이 전혀 없이 순수하거나, 빈틈없이 속이 꽉 채워졌기 때문이다. 나의 생(生)은 얼만큼 속을 채운 깡통일까. 반도 차지 못한 통을 다 채웠다고 착각하는 것은 아닐까.

어찌 생각하면 영혼의 불순물이 모두 비워진 텅 빈 깡통이기만 해도 흡족하겠다. 텅 빈 충만함은 무엇이든 침묵 속에 수용할 수 있기 때문이다. 비어있음은 의미 있는 내용물을 듬뿍 담을 무한한 가능성을 품은 것이다.

빈 깡통인 내가 조금 더 욕심을 내자면, 가치 있는 내용물로 속을 가득 채운 깡통이었으면 좋겠다. 가슴 안에서 포근한 사랑과 푸른 바람 같은 이해와 소통이 꽃을 피워, 소외된 가슴들과 공명하는 따뜻한 울림으로 가득 찬 그런 깡통이었으면 좋겠다.

거지

어둠이 짙어가던 목요일 저녁, 부스럭거리며 쓰레기통을 뒤적이는 사람이 있었다. 모자를 깊게 눌러쓴 채 주변 눈치를 살피며 쓰레기통 안을 살피는 중이었다. 어스름한 저녁녘이고 눈에 잘 띄지 않는 옷차림이어서 그가 여자인지 남자인지도 구분조차 할 수 없었다. 그가 하는 것은 쓰레기통을 열고 그곳에 버린 음식물들을 자신의 마차에 옮겨 싣는 일이다. 때로는 그곳에서 음식을 조금씩 떼어 먹어보기도 했지만 침침한 저녁 빛으로 온몸이 물들었기 때문인지 누구도 눈여겨보지 않았다.

사람이 사는 동네까지 내려와 먹이를 찾는 허기진 야생 곰처럼, 음식 찌꺼기가 내버려진 쓰레기통에서 그는 먹이를 찾아 헤맨다. 먹이사슬로 이어진 자연 속이 아닌 쓰레기통에서 먹을거리를 사냥하는 동물 인간. 검은빛 털로 온몸이 둘러싸인 듯한 그는 인간이 동물이라는 것을 여실히 보여주고 있었다. 생존의 심각한 위기 상황에서 한 끼의 허기 거리를 게걸스레 찾는 그는 헙수룩한 한 마리의 동물로 전락된 것이다.

조심스레 쓰레기통에 다가서자 그 사람은 놀랍게도 여자였다. 그녀의 몸매는 그렇게 심하게 마르지 않았을뿐더러 오히려 살이 쪄 있었다. 몸의 귀퉁이마다 삭아 끝이 둔해진 둥근 야산 같은 그녀의 몸매는 삶의 어려움이 온통 내부로 침투했음을 확인시켜 주었다. 견딜 수 없는 굶주림은 그녀의 뾰족한 각을 모두 깎아 더 이상 그녀가 수치심을 못 느끼도록 자존심마저 뭉뚱그려 놓았나 보다. 예민한 감각기능이 세월 속에 절단되자 그녀는 사리 분별조차 무너졌는지 어느새 야생동물로 변하여 아무렇지도 않게 거리로 뛰쳐나온 것 같다. 어스름한 저녁노을에 묻혀 그녀는 끝없이 이어진 쓰레기통 속에서 절실하게 먹이를 건질 것이다. 제법 깊은 쓰레기통이기에 그녀는 필사적으로 몸을 숙여야 생명수를 길어 올리리라.

그녀는 어머니 탯줄에서부터 한 끼의 끼니조차 손에 들고 태어나지 않았다. 삶의 험한 길을 걷기 위한 아무런 준비도 없이 가파른 세상에서 초라한 몸뚱이 하나만을 소유했을 뿐이었다. 이어지는 거친 환경 속에서 그녀를 따르는 질책과 편견은 살을 파고드는 한여름 땡볕보다 더 까칠하게 그녀를 퇴색시켜 갔을지도 모른다. 하지만 얼마 가지 않아 그것들은 피가 통하지 않는 딱딱한 굳은살로 변하며 굳어졌는지 거지는 세상에서 소외되었다는 사실조차 상관하지 않는다.

어느 것도 소유하지 못했기에 세상이 이름 붙인 거지, 세상일이나 세월의 흐름조차 세간 사람들만의 전유물인지, 거지는 그것에조차 발을 들여놓을 수가 없었나 보다. 아니면 사람들의 따가운 눈총들이 만든 그녀만의 두꺼운 방어막을 세상일이 뚫고 들어갈 수 없었는지도 모른다. 어찌 보면 그녀는 세상의 흐름조차 상관하지 않는 채 어제와 내일이라는 한정된 시제나 세간의 그것들을 초연하게 뛰어넘었는지도 알 수 없다.

작업을 끝냈는지 그녀가 작은 동물처럼 거리 한 모퉁이에 앉았다. 그러자 어느새 그곳은 그녀의 아늑한 집이라도 된 듯 그녀 곁에서 자연스레 조화를 이룬다. 언제나 그녀 보금자리의 천장이던 푸른 하늘과 아무 데나 몸을 눕힐 수 있는 따뜻한 갈색 흙이 아니던가. 자신을 낮추다 못해 자기라는 껍질마저 훌쩍 벗어던진 거지는 어느새 작은 가슴이 비워졌는지 텅 빈 그릇이 되었다. 아무것도 없다는 것은 무엇이라도 채울 수 있는 무한한 가능성이 내포되어 있는 것일까. 그녀의 가슴에서는 이글거리는 하루의 태양이 장렬하게 소각될 수 있었고, 속삭이는 푸른 파도의 헤픈 웃음까지도 곱게 담길 수 있었다. 자연 빛에 쉽게 물들여진 그녀는 시공을 초월해 땅과 물과 화기와 바람과 하나를 이루었다. 그녀는 낯익은 갈색 땅이 되기도 했다 청잣빛 파도로 출렁이기도 하며 뜨거운 태양으로 변했다가 푸른 바람 속에서 춤을 추었다.

자세히 보면 걸인에게는 세상의 좁은 삼차원의 삶을 가로질러 뛰어넘는 과감성과 대담성이 숨어 있다. 그래서인지 거지의 영혼은 한 곳에 매이지 않는 자유로운 방랑을 끝없이 추구한다. 언제나 떠날 수 있는 그녀 가슴에는 자신이 원하는 대로 살 수 있는 넉넉한 자유로움이 푸른 강물처럼 넘실거린다. 한없이 열린 자연처럼 거지의 영혼 속에는 어쩌면 쉽게 잴 수 없는 깊은 철학이 숨어 있을지도 모르겠다.

채워지지 않는 욕망의 갈증을 분수에 맞게 비우지 못해 허기진 욕심으로 헉헉대다 일순간 비굴한 거지로 전락되었던 나. 차라리 한 끼의 먹이를 구걸하며 빈 밥통을 채우는 거지가 오히려 정직할지도 모른다며 그들을 부러워하기까지 했었다.

짧은 순간이나마 영혼의 거지로 전락해 허름한 쓰레기통을 뒤져보지 않았던 사람이 세상에 있을까. 어찌 보면 끝없는 욕심을 채우려 안간힘을 쓰는 가슴들은 허기진 영혼의 걸인들과 행렬을 합세하며 때때로 세상은 아수라장이 되어 가는지도 모르겠다.

어느 도인 스님이 도문에 들려면 수행인은 가난해야만 한다고 말했다. 얽매인 모든 사념이 비워지고 마지막에는 '자아'라는 관념조차도 지워진 참다운 거지가 되어야 한다는 이야기였다. 현실이라는 삼차원을 벗어나기 위해서는 모든 번뇌를 벗어던지고 끝내는 자아까지도 비워 승화시켜야 새로운 차원의 세계에 들어설 수 있다는 것이다. 어느 곳에도 매이지 않았기에 모든 것에서 자유롭고, 아무것도 갖지 않았기에 모든 것을 품을 수 있는 거지, 그러기에 한 벌의 옷조차 소유하지 않은 청정한 영혼만이 진정한 거지가 되어 세상 모두를 소유하는 풍요로운 부자가 될 듯도 싶다.

문득 담백한 삶의 참다운 거지가 되고 싶어졌다. 세상이 알아주지 않아도 드러내지 않게 자신을 낮추는 걸인은 정체된 물같이 한곳에 머물지 않고 언제나 새로운 영혼의 먹이를 찾아 끝없는 방랑 속에 자신을 성숙시켜 나갈 것이기 때문이다.

짜장면

어린 시절이었다. 골목길로 들어서 좁은 길을 더듬어 가면 협수룩한 작은 문이 나온다. 삐꺽거리는 문을 밀고 들어서면 중국집 뒷문이다. 수염이 협수룩하고 뚱뚱한 중국 아저씨는 초라한 입구에서 손님을 발견하고는 식당을 향해 소리를 지른다. 서툰 한국말이었는데 그것이 무엇을 의미하는지는 누구도 모른다. "우리 살람 짜장민 잘한다 해." 더듬거리며 주문을 받는 주인의 어설픈 말투는 어수룩한 친근감으로 손님을 편안케 했다. '삐~익' 하며 싸구려 벨소리가 요란스럽게 울린다. 부저 소리는 손님이 들어설 때마다 신호인 양 울렸고 객이 늘어날 때마다 그 소리는 줄로 이어져 식당 안은 마침내 호떡집에 불이 난 듯 소란스러워진다.

친구들의 메뉴는 언제나 짜장면이었다. 쥐꼬리만 한 용돈을 잘라 모처럼 먹는 외식 중에 짜장면은 최고였기 때문이다. 어머니보다는 '엄마'라고 부르는 것이 어쩐지 가깝게 느껴지듯, 자장면이라는 말보다는 왠지 어릴 때부터 몸에 배고 귀에 익어온 '짜장면'이 제맛이 난다.

싸구려 벨 소리가 끊어지면 식당에서는 밀가루 반죽이 시작된다. 우당탕탕 맞고 눌리고 펴져 모양을 갖추는가 싶더니 다시 뭉쳐져 힘을 다해 때리고 늘리고 펴지고 꼬아져 마침내 긴 면발이 탄생된다. 쫄깃쫄깃한 면발로 태어나기 위해 반죽의 수행은 끊임없이 지속되는 것이다. 최상의 찰진 면발로 거듭나기 위해 견뎌야 하는 온갖 수련은 숙성된 인생을 만들기 위해 겪어야 하는 삶의 모습 같다.

처음에는 짜장면을 먹을 줄 몰랐다. 꾀죄죄한 주인의 얼굴이며 이빨 빠진 종지에 담긴 시든 양파며 까칠하게 놓인 테이블 위의 춘장은 무척이나 낯설었다. 게다가 검은 소스를 얹은 짜장면이라는 음식은 생뚱맞기까지 했다. 하지만 한 젓가락만 먹어보라는 친구의 권유로 딱 한 번 맛본 한 젓가락은 반 그릇이 되었고, 어느 사이인가 한 그릇으로 변해갔다. 그러다 그것은 점차 없어서 못 먹는 음식이 되었고, 때때로 굶주려 메말라 가는 영혼을 밝혀주는 등불이 되었다. 가끔 생각만 해도 군침이 고이는 짜장면에 대한 사랑은 어쩌면 거의 중독 수준에 다다른 듯도 싶다.

맛으로 평생을 끌고 간짜장의 마력은 파격적인 검은색에서 시작된다. 가슴 졸이는 연극이 시작되기 전 무대 전체를 가린 검은 커튼처럼, 그릇의 맨 위에서 밑의 모든 것을 덮은 검은 빛 소스는 무한한 상상력을 자극하려는 듯, 하얀 면발과 온갖 양념을 짐짓 감춘다.

나무젓가락으로 흰 면과 짜장 소스를 적당히 비벼 입에 넣는다. 구수한 냄새를 풍기며 입에 착착 감기는 짜장의 찰진 면발은 먹어본 사람만이 깨닫는 오묘함을 자아낸다. 쫄깃쫄깃한 면발을 조금씩 끊어 후루룩 넘기다 새콤한 노란 단무지로 종종 간을 맞추고 가끔씩 초로 풀칠된 양파에 춘장을 발라 아삭아삭 씹는 맛은 미각의 맛봉오리 세포가 만드는 최대의 예술이다. 뇌는 미각의 감각을 생존 수준을 넘어 쾌감에 이어지도록 만들었는지, 짜장면을 먹을 때면 미뢰는 무한한 즐거움에 빠진다. 잠자던 맛봉오리 세포들이 모두 깨어나 지극히 감각적으로 변해진 나는 드디어 먹기 위해서 사는, 너무나도 본능적인 동물로 전락한다. 세상에 무엇도 부럽지 않은 짜장면의 삼매에 빠지는 것이다.

짜장면은 하얀 면발에 검은 짜장 소스의 무채색에서 시작해 노란 단무지와 빨간 김치 그리고 채로 썰어 얹어진 푸른 오이가 어울려 빛깔까지 조화를 맞춘다. 게다가 소스 특유의 달달한 맛, 식초를 얹은 단무지의 신맛, 양파를 찍어 먹는 춘장의 짠맛 그리고 김치에 얹은 고춧가루의 매운맛이 모두 어우러져 온갖 감칠맛을 더한다. 짜장면을 먹고 나면 잠시 그것과 사랑을 나누었다는 징표로 주홍 글씨 같은 까만 표식이 입가에 그려진다. 그것은 짜장면을 사랑하는 모든 사람만이 가지는 특권일지도 모르겠다.

짜장면의 양념장에 섞인 작은 보석들을 세심히 들여다본다. 까면 깔수록 알 수 없는 비밀 같은 양파의 은밀한 영양소와, 못생겼지만 넝쿨째 굴러들어온 호박의 효능은 이뇨 작용과 원기 회복으로 삶의 노폐물을 뽑아주고 영혼의 저항력을 높여 준다. '땅속의 사과'라고 일컫는 감자는 내장된 비타민들로 면역력을 높여 혼이 병들지 않게 하며 하루라는 세포조직의 재생기능을 촉진시킨다. 일 년 동안 양분을 알알이 땅속에 저금해 온 감자는 산성 체질을 알칼리성으로 바꾸며 해독작용까지 해 기름진 음식과 먹으면 좋다. 그뿐인가. 착한 돼지고기는 폐에 쌓인 공해 물질을 중화시키고, 몸 안에 들어있는 중금속을 흡착해 체외로 배출시킨다. 온갖 보물들이 다 들어있는 짜장면을 먹으면 영혼에 힘이 솟고 갖가지 근심의 노폐물이 몸 밖으로 사라져, 면발같이 긴 삶을 찰지게 살 수 있을 성싶다.

우리 집은 엘에이의 한인 타운이 가까워서인지 중국집으로 음식을 주문하면 철가방 짜장면이 순식간에 배달된다. 고국의 낚시터로 총알같이 배달되는 중국집의 철가방이 멀리 태평양을 건너 우리 집까지 도달한 것이다.

마이애미에서 온 언니에게 향수에 젖은 짜장면, 짬뽕, 탕수육, 군만두를 대접했다. 언니는 철가방이 우리 집까지 배달와 구경조차 못하던 중국 음식을 쉽게 먹을 수 있다는 것과 짜장면이 한국의 바로 그 맛이었다는 데 놀라며 감격했다.

초라하지만 민초들의 가슴에서 지지 않고 피어나는 검은 꽃, 폭발적인 매력으로 뭇 사람들의 영혼 속에 몸을 나툰 짜장면은 세기에 걸쳐 사람들의 마음을 사로잡았다. 겉으로 보기보다는 살아보아야 그 의미를 알 수 있는 인생같이, 검은 얼굴의 짜장면도 첫눈에 반할 만큼 매혹적이지는 않지만 먹어보아야만 그것의 절묘한 맛을 알게 된다.

한 젓가락만으로도 혀에 온 영혼을 담게 하는 무한한 마력
의 짜장면, 때때로 굶주린 나의 혼을 단 한 그릇만으로도 평
정시켜 준다. 그 속에는 서툰 한국말로 마음을 편안케 한 중
국집 아저씨가 있고, 부담 없이 맛보며 행복해지는 이웃이 있
고, 꾀죄죄하지만 꾸밈없는 하루와 순수한 노동이 들어 있다.
짜장면에는 면발같이 긴 추억과 쫄깃쫄깃한 역사가 모두 담
겨 있는 것이다.

그것은 울적한 날이거나 주머니 사정이 넉넉지 않을 때는
언제나 반갑게 만날 수 있는 편안한 친구다. 짜장면의 마력에
빠져 평생을 헤어나지 못하는 나는 그것을 통해 인생을 배우
는지도 모른다. 살신성인의 처절한 수행과정을 거쳐 한 그릇
의 완성품으로 거듭나 뭇 사람의 가슴속에 평생 잊히지 않고
살아남은 그 장인의 정신이 얼마나 숭고한가.

어깨

눈 깜짝할 사이다. 졸지에 장거리를 담은 카트가 내동댕이 쳐지면서 내 오른쪽 턱과 어깨는 시멘트 바닥으로 팽개쳐졌다. 평소 다른 차를 다치게 할까 봐 걱정은 했지만, 낯선 차에 내 몸이 공격을 당할 줄은 상상도 못 한 일이다. 힘없이 쓰러진 나는 경비원의 부축으로 겨우 몸을 추스르며 일어났다.

"앰뷸런스를 불러 드릴까요?" 주차장의 경비원이 물었다.

"아니요. 다치지 않았으니 집으로 갈게요."

내재되었던 팔팔한 의식이 갑자기 생각지도 않던 말을 내뱉었다.

"누구는 앰뷸런스를 부르라고 성화를 부리는데. 정 그러면 원하시는 대로 하세요."라며 시큐리티가 딱하다는 듯 혀를 내둘렀다.

차에 올랐다. 핸들을 잡으려 하자 팔이 움직여지지를 않는다. 마구 구겨진 종잇장 같은 혼란과 통증의 시간은 저녁 내내 지속되었다. 창백한 해가 창살을 두드리는 다음 날 아침, 어깨와 팔은 탱탱하게 부어올랐고 성이 난 탓에 침대에서 몸을 일으키기조차 힘들었다.

어깨에는 날개가 달렸었나 보다. 보이지 않던 어깨의 날개가 상처를 입자, 나는 삶의 컴컴한 구석에 처박힌 듯싶었다. 상처 난 날개로 일상의 어느 곳에도 날아갈 수 없었기 때문이다. 오직 유일하게 할 수 있는 일은 구겨진 날개가 만드는 날카로운 진통만을 어두운 방에서 감내하는 것뿐이었다.

상처 나기 전 어깨의 날개가 싱그럽게 펼쳐지는 날이면, 나는 삶을 비상해 주변의 향기를 실어 나르기도 하고 그 향취에 가슴을 적시기도 하며 풍요롭게 하루를 채워갔다. 때로는 날개에 힘을 넣고 으쓱거리며 잘난 척했는가 하면, 흥에 겨워 덩실덩실 춤도 추었다.

돌아보면 어깨는 세상을 헤쳐나가는 힘이었다. 그것은 생선의 지느러미가 몸의 좌우에 붙어 바다를 헤엄쳐 나가는 것같이, 몸의 양옆에서 억센 세상을 헤집고 나가기 위한 장치였던 듯싶다.

하지만 오른쪽 지느러미인 어깨가 상처를 입자 나의 삶은 중심을 잃고 흔들리기 시작됐다. 게다가 무슨 일이건 앞장섰던 어깨의 상처 때문에 주저앉아 통증만 호소하고 있었다. 삶의 지느러미가 세상 물결을 헤쳐나가지 못하자 영혼은 중심을 잃고 생의 후진 모퉁이에 처박혀 버렸다.

얼마 후, 어깨 전문 병원에서 엑스레이와 MRI를 찍으며 몸의 한쪽 축을 담당하고 있는 어깨 구조에 나섰다. 근육량으로 보면 어깨는 몸에서 가장 큰 근육이었다. 그러기에 나는 인생이라는 무거운 짐을 그곳에 얹고 세월 속을 걸었던 것 같다. 온통 거친 삶의 무게를 짊어진 탓에 큰 부담으로 눌렸을 어깨. 어쩌면 오랜 세월과 함께 실린 삶은 무겁다 못해 여린 어깨를 짓누르며 숨을 거칠게 옥죄었을지도 모른다. 그러기에 팔팔하고 활기 있는 푸른 산 같은 어깨는 위축되고 왜소한 동산으로 세월 속에 퇴색되었을 듯싶다.

수직의 몸과 수평의 어깨로 꾸며진 소우주인 나의 몸, 수평으로 가로지른 어깨는 수직의 몸을 받쳐주는 대들보같이 몸의 양옆에서 균형을 잡아주고 있었다. 그러나 교통사고로 반듯했던 수평과 수직의 균형이 깨지자 어깨는 붓고 통증을 호소하기 시작했다. 소우주의 원칙에 금이 간 어깨는 삶의 균형을 잃고 휘청거리기 시작했다.

얼마 후, 잠에서 깨어난 나는 처진 어깨 부위가 아직도 그대로 부어있는 것을 발견했다. 닭들도 싸우기 전 자신의 몸을 최대한 부풀려 털을 곤두세우지 않는가. 어깨도 쌓여진 이물질이나 지독한 통증과 싸우려면 어깨 깡패처럼 자신의 기를 세워 상대를 제압하려 그렇게 부풀린 것은 아닐까. 상처를 입은 어깨는 아이가 어미를 붙잡고 조심스럽게 걸음을 떼듯, 세월과 함께 조금씩 치유되리라.

어찌 보면 상처로 처진 어깨와 옛 모습 그대로 수직인 다른 쪽 어깨로 비대칭을 이룬 어깨는 시소를 닮았는지도 모른다. 긴 널판에 수직으로 중심축을 괴고 수평으로 뻗은 양 끝을 오르내리는 시소. 그것은 좋은 일과 나쁜 일을 오르락내리락하며 살아있는 내내 엎치락뒤치락하는 인생과 많이 닮았다. 어찌 보면 시소를 닮은 내 어깨는 어제 나쁜 일이 있었기에, 내일은 더 좋은 일이 생기는 것은 아닐까.

한동안 이어진 어깨의 통증은 상처받은 동물의 원초적인 울부짖음인지도 모른다. 아니면 살아남기 위해 몸부림치며 나오는 진한 절규인지도 모른다. 어깨의 통증을 통해 나는 건강했던 삶에 감사할 줄 알게 되었고, 평범함 속에서의 소소한 행복이 소중함을 깨달을 수 있었다. 통증은 나를 겸손하게 만들었고 삶을 돌아보게 했다. 인생이 아픈 것은 그 고통을 통해 삶이 좀 더 숙성되고 성숙해지라는 의미인지도 모른다.

어느 정도 몸이 나아지자 장을 보기 위해 슈퍼마켓에 다시 나섰다. 예전처럼 몸의 날을 세운 경비원이 마켓 앞에 서 있었다.

"제가 마켓 주차장에서 어깨를 다친 사람이에요. 아시죠?"

"아 네, CC-TV를 통해서 아주머니를 잘 알고 있지요. 이리 오세요, 아주머니. 제가 다친 어깨 아프도록 주물러 드리겠습니다. 원래 통증은 통증으로 다스리는 겁니다. 아픈 환자도 따끔한 봉침으로 치료하지 않습니까. 인생 자체가 통증이기에, 우리는 삶이 만드는 다른 질통과 비교하며 그것이 더 크지 않은 것에 감사하고 위로받는 겁니다. 어깨동무 같이 이어진 크고 작은 삶의 통증을 통해 생은 더욱 단단해지고 다져지는 것 아니겠습니까."

술

술술 풀린다. 애주가한테 술은 세상을 풀어주는 해결사다. 목을 타고 그것이 넘어가면, 막혔던 세상이 시원하게 뚫린다. 세상에 안 되는 일이 무엇이고, 잘 된다고 한들 무엇이 그리 대단하단 말인가. 맨정신으로 넘길 수 없는 기막힌 순간도, 술만 들어가면 전신에 혈관이 열리고 답답하게 막혔던 세상은 흐르는 강물처럼 뚫린다.

술은 때때로 삶의 상처를 달래주는 진통제로, 뻑뻑하고 어색한 대인 관계를 부드럽게 하는 윤활유로, 속 깊이 고인 감정을 끌어올리는 마중물로 그 역할이 다양하다. 그런가 하면, 붉은 포도주는 예수님의 상징적인 피로 여겨져, 그분의 순수한 사랑과 희생의 의미로 천주교 미사마다 봉헌되고 있다. 한편 술은 혼백(魂魄)을 위로하는 제사에서도 중요하게 쓰인다. 사람들은 술이 땅에 스며들면 백(魄)을 불러오고, 향 연기는 혼(魂)을 불러온다고 믿었기 때문이다. 생각해 보면 제사에서의 술은 망자와 산자를 이어주는 연결 다리였다.

아버지는 평소 말이 없어 과묵하셨다. 하지만 아버지가 거나하게 술이 취하는 날이면 당신의 노래는 동내 어귀부터 시작해 골목 안을 가득 메웠다. "백마강 달밤에… 오늘도 걷는 다마는 정처 없는 이 발길…." 이어지는 아버지의 노래는 우리 집 마당에 들어설 때까지 끝나지 않았다.

아버지는 남정네들에게 위압감을 줄 만큼 체격이 크셨기에, 사람들에게는 거슬리기가 어려운 동네 어르신이었다. 하지만 어두운 밤 골목에서 아버지의 노랫소리가 들리기 시작하면 사람들은 아버지의 음주 사실을 알아내어 미소를 짓곤 했다. 평소 말이 없으셨지만 거구에서 뿜어져 나오는 카리스마를 몸소 거두고 고요한 골목을 흘러간 노래로 채워 놓길 좋아하셨던 아버지, 숨 막히고 부담스러운 당신의 카리스마가, 정겨운 친근감으로 둔갑 된 것은 애주가였던 아버지의 술이 그 촉매 역할을 했기 때문이리라.

술에는 조여진 세상을 느슨하게 푸는 힘이 있나 보다. 그것은 하찮은 액체로 나약해 보이지만, 경직된 세상 나사를 조금씩 풀어낸다. 끝내는 어깨를 누르던 거칠고 힘센 세상도 아무것도 아닌 듯 넘어뜨리곤 한다. 술에 과민 반응이 없는 사람이라면, 적당한 술은 하루를 재충전시키는 배터리로, 지친 삶에 생기를 불어넣는 활력소로 그 역할을 하고 있는 것 같다. 좁은 시야를 넓혀주는가 하면, 세상을 다른 각도에서 보게 하며 일탈의 신선함을 주는 술. 어찌 보면 술은 찰나의 통증을 잠깐 멈추게 하는 영혼의 순간 진통제 같다. 거친 삶을 마주한 사람이 마시는 약주에는, 아린 상처에 잠시 발라준 빨간 약같이 삶이 할퀸 상처를 보듬고 통증을 완화 시키는 그 무엇이 들어 있기 때문이다.

흥겨운 노래로 이어진 골목길을 지나 집에 든 아버지는, 세상 모르게 잠에 취한 나와 언니를 깨워 늦은 밤 노래자랑을 시작했다. 잠이 덜 깬 얼얼한 이마에 일 원짜리를 붙여주며 막을 올린 참새 노래자랑은 늦은 새벽까지 이어졌다. 얼떨결에 잠에서 깬 나는 다음 날 동네 어귀에서 사 먹을 달고나 생각에 온갖 묘기를 동원하며 코 묻은 일 원을 열심히 챙겼었다.

아버지는 하룻밤에 정종 한 병을 거뜬히 비우는 대주가이셨다. 어쩌다 아버지와 술상을 마주한 사촌오빠나 형부들은 네모난 밥상 앞에 쪼그리고 앉아 밤 깊도록 같이 술을 마시며 속 깊은 아버지의 얘기를 들어내야만 했다.

영혼에 맺힌 이야기들을 술술 풀어주는 술, 그것은 가슴에 맺힌 얽히고설킨 삶의 실타래를 끌어내 그 매듭을 풀어주고 정리해주는 해결사인지도 모른다. 또 술은 딱딱하게 경직된 분위기를 부드럽게 마사지해 영혼과 영혼을 소통하게 만드는 영매사이기도 하다.

그런가 하면 술의 알코올 성분은 영혼을 소독하고 순수하게 정제시켜 오염되지 않은 진심을 드러나게 한다. 그러기에 취중 진담이라는 말도 나오지 않았나 싶다.

술의 어원은 '수불'로 물 수(水) 자와 불이 합쳐져 되었다는 설이 있다. 소우주인 몸을 불처럼 달구는 것이 수불인 술인가 하면, 변덕스럽고 불같은 삶을 녹여줄 수불 역시 술이 아니겠는가.

술은 단순히 취하려고 마시는 게 아니라, 맛과 향을 즐기기 위한 경우가 많다. 요즘 나는 술을 마시기보다는 음식에 넣어 먹는다.

고된 삶을 채워 줄 먹잇감에, 지친 삶의 통증을 잠시 진정시켜 줄 진통제가 필요하기 때문이다. 게다가 가짜와 사이비로 오염된 세상이기에, 먹이로나마 순수하게 소독해야 하지 않을까. 그래서일까 요리하려는 생선에 술을 바르면 그것은 순간 마술을 일으키는지 비린 냄새조차 깔끔하게 제거해준다. 술에는 잡냄새가 스며들지 못 하게 하는 투명한 그 무엇이 씌워져 있나 보다.

술이 스트레스로 경직된 영혼의 긴장을 풀어주고 완화시켜 주는 것 같이, 그것은 뻑뻑한 고기의 육질 또한 마사지를 하는지 부드럽게 만들어 준다. 헤아려보면 거칠고 각박한 세상도, 때로는 술의 부드러운 마사지가 필요할 듯싶다. 그래서인가, 각박하고 살벌한 세상이지만 술에 취할 수 있는 애주가들의 영혼은 훨씬 부드럽고 넉넉하고 여유로운 것 같다.

편하게 마시면 일이 술술 풀리지만, 살살 마시지 않으면 질질 꼬이기 쉬운 술. 예부터 술은 '미혼탕'이라 하여 사람의 혼을 미혹하는 물이란 의미를 담았고, 근심을 잊게 하는 물인 '망우물'이라고도 불리는가 하면, 절에서는 깨달음의 경지인 황홀경을 맛볼 수 있다 하여 '반야탕'이라고도 일렀다.

영혼을 취하게 하는 술의 에탄올. 기나긴 인생에서 가끔

무언가에 취할 수 있다면 삶은 생각보다 흥미로워지는 것이 아닐까. 연둣빛 봄에 취하고, 들꽃 같은 사랑에 감취되고, 영혼을 써 내려가는 글쓰기에 황홀해지는가 하면, 나비가 꽃에 탐닉하듯 술에 도취될 수 있는 것도 행복한 삶의 일탈이다.

취할 수 있다는 것은 또 다른 세계의 신선함을 맛보며 더 깊은 삶을 음미할 수 있는, 생명체의 축복 아닌가. 이런 생각에 젖어 있노라니 불현듯 한 잔의 술이 그리워진다.

두 귀

  귀가 어두워지고 있다. 의사의 진단으로는 돌발성 난청이다. 어느 날부터인가 귀에 물이 찬 듯하더니 소리가 울리면서 작은 말소리가 정확히 들리지 않았다.

  무심한 공기 같아서 존재조차 관심 밖으로 두고 있던 귀 아니던가. 세상 이야기들은 메아리 모양의 귓바퀴를 돌아, 귓속 어두운 동굴의 비밀스러운 길을 지나 내게 전해졌다. 하지만 바쁘다는 핑계로 어렵게 들어온 세상 이야기들을 나는 얼마나 마음의 문을 닫고 등한시하였던가. 삶의 상처가 아프다고, 믿었던 이의 배신이 견디기 힘들다고, 차마 뱉어내지 못한 지인의 언어들은 나의 편견과 오만으로 지척에서 갈 길을 잃고 정처 없이 허공을 맴돌다 힘없이 사라졌을 듯싶다.

  생각해 보니 세상은 온통 말로 이루어진 것 같다. 우리의 삶은 말로 시작되어 평생 언어를 부리며 살다, 말이 끊어지며 생의 막을 내리는 것은 아닐까. 영혼 속의 생각들은 언어라는 장치를 통해 매 순간 세상에 태어나기 때문이다. 만약 모두가 쏟아낸 순간의 말들을 평생의 길이만큼 이어 놓는다면 아마도 우주의 길이보다 훨씬 더 길어질지도 모르겠다. 영혼의 숫자만큼, 세월의 길이만큼 더해지는 언어와 말들. 굳이 묵언 수행을 하지 않는다면, 말은 소리 내는 사람의 생각이며 사상이며 나름의 인생관이기도 하다.

그런데 말은 누군가에게 들려주기 위해서 생겨난 것은 아닐까. 시인 장 콕도는 "내 귀는 소라껍질, 바닷소리를 그리워한다."라며 자신의 귀를 통해 바다로 은유된 세상 이야기를 듣기도 하고 그리워하기도 했다. 그는 경청해 주는 사람의 귀를, 입구가 크고 들어서는 길이가 깊은 오묘한 소라껍질로 강조하였다.

귀는 두 개로 얼굴 양쪽에 돌출되어 있고, 청각의 감각기관으로 소리를 듣는 역할을 한다. 귀는 생명을 죽이기도 살리기도 하고 때로는 천국과 지옥을 창조하고 파멸시킬 수도 있는, 말과 소리를 들으려 존재한다. 그것은 시각, 청각, 미각, 후각, 촉각의 오감 중 하나로, 다섯 기관 가운데 제일 먼저 퇴화를 시작한다.

두 귀는 세상 한복판에 걸려있는 신호등 같다. 주변 상황이 두 귀로 위험 신호를 보내면 그곳에 빨간불이 켜지며 안전할 때까지 삶은 멈춰지고, 바르고 안전한 방향으로의 확신과 지지를 받게 되면 초록불이 켜지며 직진하게 된다. 하지만 두 귀 주위에 판단키 어려운 상황이 감지되면, 노란불이 켜지며 다가올 위험에 대비한 채 조심스럽게 일이 진행되기 때문이다.

그런가 하면 두 귀는 고운 체를 가슴에 품은 둥근 항아리를 닮았다. 삶의 기쁨과 슬픔, 노여움과 즐거움의 모든 언어가 언제나 두 귀를 통해 담겨지기 때문이다. 귀는 이것들을 모아 사고(思考)라는 자신만의 가는 체에 정성스럽게 걸러, 삶의 정수가 될 것만을 추려낸 후 둥근 가슴에 저장한다.

귀가 감지할 수 있는 말에는 삶의 단맛, 신맛, 짠맛, 쓴맛, 감칠맛들이 있다. 단맛은 귀에 달콤하고 기쁜 감정이 나오게 하는 말이고, 쓴맛은 비판이나 비난 같은 귀에 거슬리는 언어들일 듯싶다.

한편 신맛은 기운이 없고 느슨할 때 그것을 잡아 긴장시켜 주는 말일 것이고, 감칠맛은 귀에 착착 달라붙은 언어들일 것 같다. 그렇다면 짠맛은 심심하고 싱거운 일상에 짭짤히 간을 맞춰주는 말들이라고나 할까?

사람의 귀 모양은 각기 달라서 세상에 같은 귀는 찾기 어렵다고 한다. 영혼들의 모습이 각각 다르기에 귀 모양조차 제각기 다른 것 같다. 그래서일까, 귀는 '이문'이라 하여 제2의 지문으로 간주되고 있다.

생각해 보면 소리를 내어 말하는 것은 능동적이어서 힘이 있고 강해 보이고, 듣는 일은 수동적이어서인지 소극적이고 약해 보인다. 하지만 깊은 영혼을 움직일 수 있는 것은 나약하지만 침묵하며 경청해 주는 두 귀가 아닐까.

어쩌면 경청하려 열려진 귀는, 말하는 이의 영혼으로 들어가는 문인지도 모르겠다. 문을 열고 달팽이같이 구부정한 터널을 지나 말하는 이의 영혼에 은밀히 다가서면, 두 혼은 이해와 공감을 시작으로 한쪽의 울림에 다른 한편이 공명하는 따뜻한 영혼의 해후를 맞게 될 것이다.

듣는다는 것은 나의 소리를 뒤로하고 상대방의 마음을 먼저 받아주는, 상대방을 향한 존중과 배려이기도 하다. 입이 하나이고 귀 두 개가 존재하는 것은 말을 하기보다는 들으라는 의미 아닐까. 청진기가 몸속 소리를 듣고 병을 파악해 내듯, 두 귀를 영혼의 상처에 가깝게 밀착시키고 주의 깊게 경청하면, 상대방이 느끼는 삶의 통증과 아픔을 감지할 수 있게될 것 같다.

생각해 보면 내 귀가 어두워지는 것은, 세속의 소리보다는 자연의 소리에 영혼을 열고 귀 기울여 그것의 이야기를 들어보라는 메시지일 듯싶다. 언제 한번 자연의 소리를 진지하게 들으려 해본 적이 있었던가. 무심한 자연은, 나만의 작은 삶에 연연하지 말고 순리에 맞춰 더불어 살며, 사고하며 성찰하여 인생이라는 큰 숲의 의미를 깊은 내면의 소리로 헤아리라는 의미 같기도 하다. 아니면 더해가는 세월의 연륜에 맞추어 잘 들리지 않는 소소한 세속적인 말에 휘둘리지 말고, 소신을 갖고 꿋꿋하게 삶을 걸어가라는 뜻인지도 모른다.

귀는 성장이 멈추지 않는 연골로 이루어져 있기에 느리긴 하지만 죽을 때까지 성장하고, 커진 귀는 지구의 중력 때문에 밑으로 처진다고 한다. 바라건대 나의 영혼의 귀도 매일 매일 성장해 귓불이 여유롭게 쳐진 넉넉한 귀가 되었으면 하고 꿈꾼다.

김영애 연보

1951년	4월 23일 서울 출생
1957~1963년	재동국민학교 입학 후 덕수국민학교로 전학하여 졸업
1963~1969년	이화 여중고
1969~1974년	이화여대 간호대학
1974~1976년	서울대학병원 내과 병동과 정신과 병동 근무
1976년	미국 캘리포니아로 이주
1979년	미국 정식 간호원 (RN) 자격증 취득
1979년	서울 의대를 졸업한 마취의사와 캘리포니아 엘에이에서 결혼
1979년	첫딸 기혜 탄생. 첫딸은 변호사며 기업가인 사위와 결혼하여 현재 덴버에서 살고 있다.
1980년	둘째 딸 기홍 탄생. 기홍은 안과 개업 의사로 마취과 의사인 남편과 행복하게 살고 있다.
1985년	셋째로 케빈 코스트너를 닮은 아들이 태어났다. 아들은 프린스턴 대학에서 역사학 박사 취득 후 전공을 의과로 바꾸었는데 스탠퍼드대학과 피츠버그 의과 대학으로부터 합격 통지를 받았다.
1985~1987년	남가주 간호협회 총무
2004년	『미주 크리스챤』 소설 부문 가작
2008년	『수필시대』 신인상

2012년	첫번째 수필집 《한 생각 물결되어 출렁일 때》 출간
2012년	서울문학 오늘의작가상 수상
2012년	경희해외동포 문학상 수상
2012년	무원문학상 수필 부문 금상 수상
2012년	불교문학상 수상
2013년	『수필세계』 신인상
2014년	두 번째 수필집 《사각지대의 앵무새》 출간
2014년	한국수필 해외문학상 수상
2016년	세 번째 수필집 《렌트 인생》 출간
2016년	국제펜 한국본부 해외작가상 수상
2018~2020년	미국 코리아타운 피오피코 도서관 후원회 회장
2020년	크리스챤문학상 수상
2014~2022년	남가주 서울 의대 총무 및 재무 엮임
2023년	네 번째 수필집 《몸 연꽃 피우기》 출간
2023년	현재 남가주 서울 의대 동창회 고문
2017~2023년	현재 미주 중앙일보 "이 아침에" 칼럼 집필
2016~2023년	현재 북미주 서울 의대 동창회 총무
2017~2024년	현재 북미주 서울 의대 동창회 인문학 강의 Chair 담당